1991년도 제5회
소월시문학상 작품집

문학사상사

제5회 소월시문학상 대상 선정이유서

일찍부터 시는 인류문화의 정화요, 인간정신의 순도 높은 결정체로 일컬어져 왔다. 특히 좋은 시는 역사를 움직이는 대동맥이요 미래를 개척하는 용기와 슬기의 원천이다.

시인 김승희는 1973년 〈그림 속의 물〉로 우리 문단에 등장한 이래 언어의 꾸준한 조탁과 작품세계의 끊임없는 확충을 통해 한국 시단의 한 별자리를 이루었다.

그 정성과 솜씨를 주목하면서 우리는 다섯 번째 소월시문학상의 대상자로 이분을 선정하는 바이다.

소월시문학상 선고위원회

구상·김남조·김용직·황동규·권영민

차례

김승희

떠도는 환유·1 외

1952년 전남 광주 출생
서강대 영문과와 동대학원 국문과 졸업
1973년 《경향신문》 신춘문예로 당선 데뷔
시집으로 《왼손을 위한 협주곡》 《태양미사》 《미완성을 위한 연가》
《달걀 속의 생(生)》
산문집으로 《33세의 팡세》 《바람아 멈춰라 내리고 싶다》

떠도는 환유·1

몇 마장인지 알지 못할
장맛비가 연일연일 내리고 있다,
창이 좁아서인지
세상이 위태하리만치 어두워진다,
어둡고 긴, 무슨 포식의,
동물 창자 속으로
끌려 들어가는 듯.
— 여보세요, 여보세요,
여긴 너무 어두워요, 말 좀 해봐요,
— 말하면 뭘 하니? 넌 날 볼 수가 없잖아.
— 그래도 괜찮아요, 말하면 밝아질 테니까요.

*

세상엔 벽이 되려는 창과 싸우는 사람과
창이 되려는 벽과 싸우는 사람,
그렇게 두 진영의 사람이 있다,

그런 사람들은 모두 세상을 자택인 듯이
살고 있는 것 같다,
나, 나, 나라는 나가비는
영구 임대주택인 듯이, 아니, 아니,
임시 임대주택인 듯이 생(生)을 대하며
조만간 흘러가 버리고 말 것 같다,
너무 쉽게 흘러가 주는 것은 아닐까?

가끔씩 조명이 너무 어둡다고
투덜대기나 하면서……
위조여권 같은 말을 따라서
출렁출렁…… ……글썽글썽……

　여보세요, 385의 2053입니다, 지금 전화를 받을 수 없어 대단히 죄송합니다, 전화거신 분의 성함과 연락처를 말씀하시면 제가 곧 연락드리겠어요, 그럼 삐 — 하는 소리가 난 후 말씀을 시작해 주세요……

　여보세요, 김 선생님, 저 문학상사 김명순인데요, '시녀' 후기 원고 어떻게 되셨나 해서요, 마감 날이 사흘이나 지났는데……외출하셨나보군요, 빨리 연락주세요!……

　여보세요, 박석규 씨? 저 김승희인데요, 물론 열심히 하고 있어요, 그것만 하느라고 다른 원고는 하나도 손도 못 대고, 네, 그런데 원고 일주일만 더 연기해 주면 안 될까요? 물론, 책상 옆을 한 치도 안 떠나고 있어요, 지하도 계단 위의 끈덕진 롯데껌처럼, 염려 마세요, 미안해요……

　승희 언니, 응, 나, 수연이야, 또 외출했나 보지? 지난번 가져간 돈, 월말에 갚는다고 하고 연락이 없어서, 나 며칠 있다가 유럽 갈 거야, 응, 스키장에 피서삼아 가는 거지, 인생은 바다 돈은 뱃머리라고 하잖아…… 돌아오면 연락주세요!

여보세요, 지금 전화를 받을 수 없어서 죄송……아니, 최
선 씨 아녜요? 하도 정신이 없어서 자동응답기를 누른 채
로 전화를 받았지 뭐예요, '넝마로 만든 푸른 꽃' 나 왔다구
요?

아니, 바쁘지 않아요, 그럼 금방 나가지요, 인사동쯤에서,
평화만들기…… 4시……

여보세요, 속셈학원이지요? 저 해인이 엄만데요, 해인이
에게 엄마가 급히 외출하니까 여섯 시쯤 집으로 오라고, 네
네, 고맙습니다…… 여보세요, 이화 바이올린 음악원이죠?
저 왕인이 엄만데요, 왕인이더러 엄마가 급히 외출하니까
누나에게 갔다가 여섯 시쯤 집으로 오라고……

인사동 그 영원한 거리를 걷는다
천 년의 시간을 뚫고
오직 뭉치려는 힘 하나로 지켜온
자그만 고분 출토 토우들이
유리창 안에서 조용히 날 바라보고 있다,
얼마나 뭉치는 힘이 강했으면

죽음의 세계에서조차
고스란히 자기를 지켜올 수 있었을까?

나에게 그만한 힘이 아직 있을까.
나에게 나라는 것이 여직 남아 있을까.
나 비슷한 것
그런 것들이 잠시 만나 삐걱대며
술렁거리는
이 입 속 가득한 먼지, 먼지, 먼지의
삐긋거리는 가장행렬 속에서
한없이 연기된 나.
한없이 미루어지기만 했던 나는
(이미 없어진 지 오래이기에)
나 비슷한 것들만 끝없이 술렁술렁
이렇게 연기의 놀음을 하고 있는지도 모른다.

우우―하고 도시의 지붕 가득히

걸린 노을이
엎질러진 머큐롬 통처럼
나에게 달려들어
전신에 빨간 약을 칠해 줄 것 같은
황혼.

떠도는 환유·3
—이웃집 여자들

가슴속에 꽃잎이 지고 있다,
꽃잎이 지고 있다,
지는 꽃잎은 지려므나,
누가 그 안에서 울고 있는지도 모른다,

가슴속으로 불나방이 뛰어들고 있다,
불나방이 뛰어들고 있다,
불이 그리운 불나방아
내 가슴속에 아직도 무슨 촛불이 타고 있다고
그러느냐, 그러느냐

가슴속에 지붕이 흔들리고 있다,
지붕이 흔들리고 있다,
누가 그 천정 위에서 드르렁 드르렁
코를 골며 아직도 자고 있는지도
모른다,

산다는 것은 언제나
그렇게도 많은 나를 데리고
선인장이 양쪽으로 빽빽하게 심겨진
가시통로의 좁은 길을
우왕좌왕 찔리면서 걸어간다는 것이었다,
다만 피를 보고 싶지는 않다는
심정뿐이었다, 뿐이었다.

피를 보고 싶지는 않아서
와글와글, 바글바글, 드르렁 드르렁
엉엉, 흑흑……
이런 시끄러운 나를 데리고
'짜깁기 전문' 이런 간판이 붙은
옷 수선소 앞을 지나가면
꼭 나를 닮은 엉성한 얼굴의 여자 하나가
들들들 들들들……
손재봉틀을 열심히 돌리며

얼굴을 숙이고 부지런히, 이런 어수선한
넝마 누더기를 꿰어 맞추는 모습도 보인다

떠도는 환유·4
—몽유병의 나들이

어느 해변가의 재래식 변소 안에서였어,
부글부글 끓어넘칠 듯한 분뇨통 위에
얼기설기 걸쳐놓은 널빤지 위로
옷을 추스리며 일어나자
눈 앞에 푸른 옷소매의 바다가
금방이라도 이마를 적시울 듯
다가오고 있었어,
—아아, 아름다워라
아마 내생(來生)은 저런 빛깔일 거야

그때 나는, 찜통 같은 똥통 위의
더러운 벽에 붙은
몽타주 사진이 있는 벽보 한 장을 보았네,
—이 자는 1952년 3월 1일
정신병원을 탈출한 자로서 위험은 없으나
몽유병이 있어 하릴없이 천지사방을……
—엄마, 돌아와 주세요, 모든 것을 용서하고

기다리고 있어요
―K, 돌아오너라, 아버지가 위독하시다
―선생님, 어서 돌아오세요, 모든 일이
잘 되었어요, 그리고 도서관에서 1989년
여름에 대출해 간 라캉책 반납하라는
최후 경고문이 붙었어요.

어디서 본 듯한 저 얼굴……
어디서 만난 듯한 저 얼굴……
어디서 잃어버린 듯한
저 얼굴……

찜통 같은 똥통 위의 좁다란 현세
그 두 널빤지에
간신히 양다리를 걸치고 서서
박꽃처럼 뿌우옇게 꽃피어 오르며
희미한 벽보 속에서

나를 찾는
몽타주된 전생의 소리를
듣는다
―이 몽유병 환자의 나들이
―왜 나는 평생 환자복을 입고
다녀야만 했는지

이 환자복을 벗고
똥통 속에 반짝이는 금빛 구더기처럼
기어서라도
기어서라도
푸르게 넘실대는 바닷속으로
모가지까지 모가지까지 잠수해 들어가고만 싶었다.

떠도는 환유 · 5
—무어라고 불러야 좋을까

사랑도, 눈물도, 진짜가 아닌 것 같애,
사랑 비슷한
눈물 비슷한
흔적 비슷한
분노 비슷한
그런 비슷한 것들이 나 비슷한 것들을
감싸고
한 줄기 햇빛의 선 속에 우우 우우
갇혀 떠도는 먼지처럼
생 비슷한 것들을 이루고 있어

나 비슷한 것들아
시대 비슷한
나라 비슷한
지식인 비슷한
고뇌 비슷한
외침 비슷한

절망도 낙천도 아닌
어스름 비슷한
이 향방의 묘혈 속에서

죽음 비슷한 생(生)이 있어
살지도 죽지도 못하고
엄마 비슷한
아내 비슷한
자식 비슷한
교수 비슷한
시인 비슷한 것들을
배우 비슷하게
은막 비슷한 곳에서

너, 참, 정말, 무엇에 널 걸 거니?, 응?, 말해 봐,
참, 무엇에든 널 걸어야 할 거 아냐?
이런 닦달 속에서도, 아무데도 날 걸지 않는,

아무데도 걸 수가 없는, 걸 것이 없는, 파쇄된
나를, 아니 나 비슷한 것들을 데리고,
사전꾼처럼 사기꾼, 아니 무한히 높은 곳에서
밀어 버려 무한낙하로 산산이 엎어지고 있는
사닥다리의 해방처럼……

탕

소방서 앞길에 떨어진
성냥 한 개비처럼
아무 일도 일어나지 않았다

무슨 큰일이 일어난 것보다도
훨씬 더 큰 조마조마함으로
불안의 일상병리 같은 시대만
쥐 죽은 듯 깊어가고 있었다

(너무나 겁을 먹었기 때문에)
아직도 미치지 않은 그대여,
미치지 않고서
이 미친 시대를 바라보고만 있는다는 것은
얼마나 큰 처형인가, 얼마나
조마조마한 배덕인가?

관자놀이에 권총구멍이 나버린

달걀
그런 행복한 폭발을 해방이라고 불러선
안 된다는 것을 알면서도……

탕!
난 다만 그 팽팽한 침묵의 물이
찢어지는지 아닌지
다만, 그것을, 한번 알아보고 싶었을
뿐이라고……

텅텅

가슴 위 숭숭 바람이 든 무는
먹을 수가 없다.
나는 바람이 든 무를 버린다.
까만 쓰레기 봉지 안에 반으로 뚝 자른
바람 든 무를 버리다가
나는 잠시
손이 흠칫 놀라는 것을 느낀다.
네가 너를 버리다니!

무 속에 든 바람을 가만히 살펴본다.
바람과 울혈이 만나서
숭숭 골수가 빠진 것 같다.
우연이 축성한
이 무의 망사천 같은 너덜거림의
거미줄 뼈다귀의
애잔한 너울거림,

동물은 무의식이 없다는데
무는 무의식이 있었나보다,
밖은 썩지 않았는데
안이 텅텅 썩었구나,

도마 위에 처음 무의 몸을 올려놓았을
때를 생각해 본다,
무는 창백했지만 무슨 미소를 머금고
있었던 듯하다,
미소를? ……그래 그건 미소가
아니었던가? 그렇지 않았던가?
무청이여?

까만 쓰레기 봉지를 뒤져
반동강난 무를 찾아
양지 바른 창가 물컵 위에 올려놓고
난 애써 미소를 재배하는 비밀을

참관한다.
숭숭 바람이 든 무의 몸 위로
뿌리가 너울대며 위로 올라간다,
이런 맥락의 텅텅 빈골 속에서도
위로 올라가는 뿌리가 있다니!

목 없는 미녀

왜, 웬일이지?, 뿌리가 느껴지지 않는데도,
전혀 무섭지가 않아,
왜, 웬일이지?, 자각증세가 없는 것이
90년대적 병리의 특성이라고
그런 말을 어디서 본 것 같기도 해,

아니라고? 읽지 못했다고?
그렇다면 그 말을 처음 한 것은
나란 말이 되는가?
그런 말이 되는가?
빛이 있으라 하시니 빛이 있었고
물고기가 있으라 하시니
……있었던 것처럼?
그 말의 처녀성을 믿어도 좋으냐?
정말 좋으냐?

무한의 흰빛 국물 안에

둥둥 떠 있는 하얀 수제비
건더기들처럼
작별의 규칙으로 잠시 만남을 삼는
손발이 잘려진 죽지,
실패한 날개들의 피웅덩이 같은
그런 푸들푸들 떨리는 배밀이의 사랑으로

목 없는 미녀는 목 없는 미녀의
사랑법을 가지면
그뿐이다,
목 없는 미남처럼 목 있는 추남처럼
살려고 할 필요가 없다는
자각증세를 주며
가을밤 중천에 보름달이 어엿이
떠가고 있다,

왜, 웬일이지?, 내 모가지가 하늘에

떠 있는데도, 조금도 어색하지가 않아,
왜, 웬일이지?, 오프너로 멱살을 따고
하늘에 꺾꽂이 해놓은 모가지들이
저리 많은데도
비명 소리 하나 없으니
이제 너도 나도 모두 자멸파의 정상에
올랐다는 말이 되는가?

흰색 이야기

앰뷸런스가 엉엉 울면서
우리 집 방향으로 달려가고 있다,
아이쿠 올 것이 왔다,
그녀가 위독한, 아니 죽은 것이다,
살똥말똥 아플똥말똥
맨날 징징 울면서
스무 살 때는 루우 살로메를 닮았다고
모든 사람들이 칭송했던
그 아름다운 우수의 조각과도 같은 얼굴에
트럭이 지나간 표정을 해가지고
이층 구석방에서
봐라 봐, 트럭이 이렇게 해가지고 저렇게
지나갔었지, 하고
타이어 자국이 박힌 얼굴을 쳐들고
밤낮 죽을똥말똥 살똥말똥
우울한 수다나 늘어놓던……

그녀가 죽었다니 정말 후련하다,
나는 꽃집에 들러 후후후 꽃을 산다
그녀가 평생 제일 싫어했던 꽃
하얀 백합꽃을 사가지고
천천히 앰뷸런스 지나간 방향을 따라
낄낄낄 집으로 간다

초인종을 누를 때 나는 좀 불안하다,
그녀가 혹시 나에게 유서를 남기지는
않았을까?
유언이란 죽음도 빼앗을 수 없는 어떤 말을
남의 가슴속에 피신시켜 놓는 것이어서
그녀의 유서가 없기를 기원하며
나는 초인종을 누른다.
누구세요?, 응 나야, 엄마야?, 그래 문
열어, 별일 없었니?, 응 그래, 아무 일도
없었어?, 없었다니까……××,

피터 팬 만화영화를 보느라고
아이들은 분주하다,
위독한 시체가 실려 나간 흔적은
어디에도 없다,

이층 구석방으로 올라가 본다,
이부자리가 새둥지처럼 동그랗게 비어 있다.
뱀허물 같은 파지가
여기저기 구덩이를 이룬 방,
나는 시가 싫은 만큼 그녀가 싫다,
시쓰기가 싫은 만큼
그녀가 어서 죽어 이 방을 나서기를 바라는 것이다,
백합꽃 다발을 기관단총삼아
방방방 방방방 방아쇠를 당겨본다,
하얀 백합꽃 꽃잎 속에서
하얀 총알이
호호호 죽고 싶도록 하얗기만 한

이 한 방울의 요염한 무

넝마의 운율

벽을 보아도 이젠 목을 매달 생각을 하지 않는다. 예전엔 벽 앞에 오래 앉아 있으면 어디에 못을 박고 목을 매달까 그런 생각을 했는데…… '잃어버린 시간을 찾아서' 그런 류의 길을 가는 사람을 부러워한다. 그런 사람에겐 시간이 무척 따스하고 행복할 것 같다. 어느 시간을 열어야 못자국 없는 벽을 만날 수 있을까?

*

배추 흰 나비 한 마리가
엉경퀴 꽃 뒤에서
날아간다
이 세상 어딘가에 행복이 있을 것만 같은
소식이다
가슴에 눈물을 많이 모은
알들만이
그런 엄청난 시위를 할 수 있다

헌 신문지 같은
지상의 누더기들을 슬고

저렇게 눈부신 인육(人肉)의 퇴원을 해보았으면!

                    *

세탁기 속에서
탈수된 빨래들을 정리하다가
양말과 손수건이 부둥켜안고 있는 것을
보면 죽고 싶다고 넌 나에게 말했지.
넌 그러니? 아, 어쩌면, 넌 정말……

난, 글쎄, 난, 말이야,
그런 것들을 보면
이 세상 어딘가에 아직 사랑이 남아 있는
것을 믿게 되고,

쓰레기가 쓰레기에게 친절하게 굴듯이
삶에게 마구 달려들어
삐약삐약거리고 싶구나, 글쎄……

*

　벽 위에 남은 희미한 못자국들, 지워지지 않는다. 별똥무늬 달려와 박힌 누전의 뜸처럼. 그렇게 별들과 사랑을 나누었던 사람도 있구나. 못을 박으며 그리움의 벼락에 구멍 숭숭 뚫린 넝마 한 장의 모습으로 별들의 수로를 이곳에 내려던 사람아. 그러니까 넌 지금껏 벽에 의해 살아온 것이다. 그러므로 넌 지금껏 별에 의해 살아온 것이다. 오 그렇지 않은가?

진주 기르기 · 2

오선지의 악보는 굳어버린 듯하였다.
저공비행의 헬기 위에서
화염방사기로 하얀 폭양을
무차별 난사하고 있는 듯한
여름날 오후,
도 레 미 파 솔 라 시……
도 레 미 파 솔 라 시……
그 불안한 '시'에 걸려
아무것도 올라가지 못하고 있었다.

뜨거운 아스팔트 위에서
노점상 아줌마는 구루마 위에
화덕 두 개를 올려놓고
하얀 김이 펄펄 날리는 옥수수를
찌고 있었다.
한 화덕 위에선 홍합조개 국물을 끓이는
흰 수증기가 부들부들 떨면서

아줌마의 얼굴과 목을 마구 조이고 있었다.

사람마다 자기 아우슈비츠를 갖고 있다고
말한 사람이 있었지,
아우슈비츠,
아우슈비츠,
양계장의 닭들이 삼천 마리나 떼죽음을
당하던 시간,
사천 마리의 돼지떼들이 폭염 때문에
한꺼번에 몰살당하던 시간,
대체 저 여인은 누구를 사랑하기에
이 뜨거운 아스팔트 위에서
화덕을 두 개나 껴안고도
지상에서 유일하게 움직이는 생물이
될 수 있었을까,
도 레 미 파 솔 라 시……
도 레 미 파 솔 라 시……
그 뜨거운 '시'에 걸려
아무것도 움직이지 못하고 있을 때

화덕을 껴안은 그녀의 사랑은
그 불안한 ‘시’의 목울대를 성큼
뛰어 넘어
니그로의 멜로디처럼
니그로의 멜로디처럼
푸른 옷소매의 높은 생(生)의 옥타브를
푸르게 푸르게 탄주하고 있는 것이었다.

땅에 떨어진 눈썹

밤중인데
창밖이 환해요.
눈이 온 것일까
나는 창문 밖을 기웃거려요.
땅 위에 무엇이 떨어져 쌓여 있어요.
옛날 반달 빗 같은 것,
인간의 높은 음자리표 같은 것,
반동강 반지의 반원을
신이 인간의 얼굴 위에 반쪽씩
약속으로 박아놓으신
것 같은 것.

그것이 무엇인 줄 모른 채
난 다시 잠들었다 일어났어요.
아침에 거리광장에 나가자
눈썹 없는 사람들이 모여 있어요.
눈썹 없는 사람들이라기보다

눈썹 없는 얼굴들이겠지요.
민둥산 위의 하룻밤
그런 고통스런 음악이 떠올랐고
그 음악이 무척 미치광스런 소음이었던
기억이 나요.

우리는 어느 한 사람의 자서전 속에
출연하려고 이 시대광장 속에
모여 줄을 기다리고 있는 것일까,
밀짚을 뭉쳐 형상을 만들 때
아무도 눈썹에 유의하지 않듯이
톱밥인형도 누가 자기 몸을 흔들면
싫어하지요.
맥없이 흔들리는 사지를 부끄러워하는 듯.

눈썹이 없는 당신이
눈썹이 없는 나를 사랑한다면

그것을 나는 거절해야 하지만
혹시 모르지요, 그것을 통해, 우리는,
서로 땅 위에 떨어진 눈썹을,
동강나 헤어진 신의 반지를
땅 위에서 줍게 되는 약속의 꿈을
다시 한 번 꿀 수 있게 될지도.

딸꾹질

나의 시,
그것이 세상의 유창한 변설을
막으리라고는 생각지 않는다,
나의 시, 그것이
오지 않은 시대의 새벽을 잡아당기리라고도
나는 생각할 수 없다.
적어도 세상은 나보다도 유창하고
적어도 나는 오는 새벽을 막으려고
자기 옷소매 속에 수탉을 감추는
사람들보다 힘이 없다는 것은
사실이다, 아, 그것은 정말
사실이다. 슬프지만, 어찌해 볼 수가
없다는 어김없는 사실은
정말 사실인 것이다. (난 슬픈 꾸르륵거림이
내 몸속을 휘달려 다니도록
내버려 둔다.
어느 사이엔가 식도에 안전차단장치가

뚜껑마개처럼 생겨났음을
나는 알게 되었다)

아라비안 나이트 속의
호리병,
그 호리병 속에 갇혀 있던 거인이
반만 년 동안이나
내 몸속 천지를 밀면서
꿈틀대고 있음을 난 알고 있다,
이제 세상은 사악한 선이 오래도록
지배해 왔음을 난 알고 있기에
호리병 속의 거인이
쥐고 있는 깃발을
난 두려워하진 않는다.
난 다만 그것의 뚜껑마개를 열어줄
힘을 가지지 못했을 뿐이다.

호리병 속의 거인이
내 목구멍까지 치받쳐 올라와
식도 속의 안전마개를 딸그락거린다.
뚜껑마개는 딸그락 딸그락
나는 그래도 그 회오리의 말을
참는다.
세상엔 으르렁 말과 가르릉 말이 존재한다고
언어시학자 제프리 리취는 쓰고 있다.
으르렁 말이 검둥이새끼라고 말하면
가르릉 말은 흑인으로 고친다.
그래서 후진국 저개발국(으르렁)은 개발도상국
신생국(가르릉)이 되고
파시즘(으르렁)은 민주 애국 등등의
가르릉 연상망을 거느리게 된다.

으르렁 말과 가르릉 말 사이
나의 시는 딸꾹거린다.

이 딸꾹질로 세상을 어떻게 해볼 수
있으리라고는 생각지 않지만
이 고통의, 딸꾹질,
이 생리의, 참을 수 없는 딸꾹질이
보다 정직하다는 것을 난 느끼고 있다.
딸꾹 딸꾹
그것은 병든 뻐꾸기의 실패한 노래
같지만,
이 딸꾹질로, 난 다만, 홀로 완결되어
가려는 이 시대의 문장이 홀로 완결되는 것을
잠시 방해할 수는 있다는 생각이다.

딸꾹 딸꾹,
그것은 병든 뻐꾸기의 실패한 노래가 아니라
딸꾹 딸꾹,
이 시대의 뻐꾸기는 그렇게 운다.

생의 가장자리

가슴이 뻥 뚫린
도넛들이
환한 상점의 쇼윈도 앞에
앉아 있다.
심장이 뭉개진 너.
심장이 도려내진 너.
고통의 가장자리만 남아
그 사이로 한없이 조용하게 나를 바라보는
앙상한 너.

나는 말이야,
성냥갑에 누운 성냥알들이
나에게 쳐들어올까 봐
성냥갑을 제대로 열지도 못하는
사람이야,

나는 실험중에 빠진 것 같기도 해,

날개가 떨어진 파리는
얼마 동안 붕붕거리는가,
붕붕거리다가 날아 보려고 맴도는가,
아니면 날아 보려는 생각 없이
맴돌기만 하는가,
붕붕거림은 언제 으르렁거림으로
바뀌는가,
혹시 머무름과 함께
제자리 걸음으로 맴돌면서
행여라도 전진하는 것은 없는가,
언제 우울증이 나타나는가,
그리고 어떻게 격한 정신이상으로
발전하는가 등등……

도넛 가게의 유리창 안에서
혼자. 조용히. 심장이 도려진.
우주적 심장절개의

무한대의 깊은 나락의
투명한 구멍.
생의 한가운데는 어디 있는가?
그런 질문은 좀 앳된 것 같다.
우리는 단지 조용히
고통의 가장자리만을
지뢰 검사반처럼
조심스레 맴돌며 돌고 있을 뿐.

토끼와 주민등록증

이 시대엔 아무리 멀리 꿈을
꾼다 해도
주민등록증 안에서 꿈꾸는 것 같아.
검은 먹으로
뭉개진 지문들,
왼손가락과 오른손가락들이
토끼장만 한 금 안에
생과 사처럼 나란히 누워서
언제나 좌우로
서로 검사하고 감시하고 있지.

도란도란 하는 말이
아무리 멀리 도망치려고 해도
돈키호테는 꼭 산초 판자와 같이 다녀야
한다고,
아무리 높이 도망치려고 해도
날으려고 할 때는 꼭 미리

낙하산을 준비해야 한다고.
언제나 중얼중얼, 연역법으로 면역이
되어가는 인생.

외출할 때면 꼭 주민등록증을
수첩 속에
수첩은 가방 속에
가방은 모가지에 쇠목걸이처럼 걸고
달려라 토끼! 달려라 토끼!
존 업다이크가 아무리 외친다 해도
토끼는 토끼장 근처에서
얼씬대며 달그락거릴 뿐.

난 이 도시에 토끼장이 이렇게 많으리라고는
상상하지 못했다.
주민등록증이 든 가방을
식권처럼 목에 걸고

하루종일 총총 돌아다니다
집으로 돌아오면
아, 인생이란 얼마나 긴
제자리 걸음의 장거리 여행인가!
입맛 없는 토끼풀을 입에 대다가
입을 막고 달려가
수돗물 틀어놓고
남몰래 목욕탕에서 우는 토끼들.

기억 상실은 따뜻하다

기억 상실증은 따뜻하다.
지난 시대를 생각하면
광선이 너무 많이 들어간 사진처럼
그저 표정이 증발된
하얀 홑이불 같은 것이 나타난다.
(80년대는 피의 다큐멘터리의 시대
라고 했는데, 얼룩 하나 다큐의 활자
하나 안 나타난다)

무인 판매대에서 신문을 팔고 있다.
신문마다 90년대여! 안녕!
허어연 스크린이 내걸리고
환등기로부터 빛이 콸콸 쏟아지고 있다.
토스트 기계에서
갓 구워진 빵조각들이 탁 하고
일시에 튀어나오듯이
마침표와 느낌표들이 눈보라처럼

나라는 과녁을 향해 쳐들어오고 있다.

나는 점점 눈이 침침해진다.
내가 실명하려 하는 중일까, 아니면
세계가 점점 어두워지고 있는 것일까.
어디선가
시동장치가 고장난 자동차 소리가
부르릉 부르릉
각혈 기침을 감추려는 것 같다.
(버스 정거장까지 가려면
두 구간쯤을 더 걸어야 한다)

두 구간쯤 걷기가
피로해서
고장난 자동차 안에 그냥 계속 머무른다.
기억 상실증은 따뜻하고
또한 우리들 중의 많은 남자와 여자들이

요즈음 점점 더 석녀가 되어가는 것을
나는 가까이에서 느낀다.
그리고 우리는 이민 고아처럼
시간 속에 남겨진 채
아아, 자신의 매몰을 감추려는
섬처럼…… 서로를 바라본다.

여기와 저기

누군가
어디 다른 곳에서
밥을 굶고 있다고 한다.
밥을 굶고 있다기 보다는
그는 옥중 단식을 하고 있는 것이다.
그는 이 세상 밖으로
한 걸음이라도 더 나아가려고
하는 것일까,
아니면 이 세상을 한 걸음이라도 더
저 너머로 움직여 보려고
하는 것일까.

냉장고 문을 열자
시든 시금치밖에는
먹을 것이 아무것도 없다.
세상에 태어나
세 끼 밥을 꼬박꼬박 다 먹었다고는
할 수 없어도

그래도 우적우적 참치 통조림을 까먹고
있는 나.

나는 그만큼 정착된 것이다.
애완동물화해 버린 것이다.
에덴 가축원이 언제 그리 넓어졌지?
그 안에 강제수용 (아니 자발적 거주)
돼 있는 것이다.

금붕어 사세요!
어항 사세요!
아니 이 한밤중에
누가 도대체 우리를 팔러다니는 거야?
나는 두려워한다.
아아, 어쩌면 90년대 시들은
점점 더 내방문학화되어 갈는지도
모른다.

보리수나무 아래로

이 세상에 얼마나 많은
나무 아래 길이 있을까,
난 그런 것을 잊어버렸어,
아니 차라리 잃어버렸다고 생각하는 것이
더욱 정직하겠지,
잊어버린 사람은 잃어버린 사람
잃어버린 것을 쉽게 되찾게 되리라고는
생각하지 않지만

나는 한밤중에 일어나
시간 속에 종종 성냥불을 그어보지,
내가 잃어버린 무슨 나무 아래 길이
혹여 나타나지 않을까 하고.
혹시 장미나무 아래로 가는 길이
물푸레 나무 아래 휘여진 히아신스 꽃길이
어디 어둠의 담 저 너머
흔적 같은 향기로

날 부르러 오지 않을까 하고.

생각해 보면 난 청춘을 졸업한 게
아니라
청춘을 중퇴한 듯해.
청춘에서 휴학하고 있는 듯한
그래서 곧 청춘에 복학해야 할 듯한
그런 위태로운 아편길 위에서
난 정말 미친 듯이 뛰었지. 아, 그래,
정말이야, 꼭 미친 듯이 뛰는 것,
그것이 나의 인생이었어.

그래서 난 새해 같은 것이 오면
더욱 피로해지는 것 같아.
그런 시간에는 문득 멈춰서서
자신을 봐야 하니까.
누구의 삶에나 실수는 있는 법이고

갑자기 자신을 본다는 건
누구에게도
쉬운 일이 아니지.

'쓰러질 것 같아요'
'용기를 내'
'아직도 멀었을까?……'
쓰러질 것 같아서
시간의 문지방을 베고 누우면
그래, 그래, 그런 착한 깨달음이 오지.
쓰러질 때까지 사랑했던 사람,
쓰러질 때까지 일했던 사람은
그가 어느 나무 아래 길을 걸었다
하더라도
결국은
보리수나무 아래 길을 걸은 것이라고.

이제야 비로소 난
모든 사람의 길과 나 자신의 길을
이해하고 사랑할 수 있을 듯하다.
모든 길이란, 아마도, 다,
자신의 보리수 아래로 가는
길이므로.

벽지 바꾸는 시대

지금은 벽을 부수는 시대가 아니다
벽을 부수는 시대가 아니다
기울어진 벽을 부수고
새벽을 짓는 그런 시대가 아니다
벽을 부스려는 시대는
지나갔다

상복을 입은 여인들이 울고 있다.
4월에도 울었고
5월에도 울었고
6월에도 울었고
상복을 입은 여인들이 일 년 내내 달력
속에서 울고 있는 울먹임의 역사
이런 역사를 만장과 더불어
벽장 속에 깊이 울리고

지금은 새로운 벽지를 바꾸려고

도배집 앞에 줄지어 서서
새로운 무늬 벽지를 고르는 시대
어떤 아름다운 무늬의 벽지가
벽의 결함을
감춰줄 것인가
(벽의 파손을 막아줄 것인가)
그런 것을 꿈꾸는
넋나간 시대

그런데 너, 너,
너는 또 뭐냐?
충치로 구멍 숭숭 뚫린 썩은 이빨과
풍치로 화농 흘러 뭉그러진
검은 잇몸(구강의 총체적 난국)
위에
아침 낮 저녁으로
치석 방지 치약

니코틴 제거 치약
딸기향을 첨가한 향긋한 후르츠 향의
온갖 치약 거품들을
쓰러질듯 갸우뚱 걸린 벽거울 앞에 서서
황홀하게 황홀하게 도배하고 있는 너는?

가로등 아래서

누가 이렇게 세상에서 가장 아름다운 모가지를
효수해 걸었을까?

목을 매도
세상에서 가장 아름다운 이는
이렇게 목을 매는구나

울먹이는 마음
나 돌아가는 길에
어느 어둠의 모서리에
부딪쳐 쓰러지지 말라고……

그런데 어두운 골목 옆
환한 담벼락 안에선 동화 같은 이런 말이
소근소근 들려오는 것도 같다.
거울아 거울아 이 세상에서 누가 제일
예쁘니?

이 세상에서 누가 제일 예쁘지?
전원에 줄만 꽂으면
꾸벅꾸벅 절하는 각시와 신랑 인형의
전기줄을 꽂아놓고
어여쁜 한국인형의 절을 받으며
거울아 거울아 이 세상에서 누가 제일
예쁘니?
거울 앞에서 웃는 사람들의
담소의 목소리.

요즘에는 묻는 사람에게마다
네가 제일 예쁘다고 말해주는
요술거울이 나왔나 보다.
백설공주의 기억을 잊어버린
그런 거울 하나씩을 갖고
동그라미 ―요술 물방울―천연색 기포(氣泡)
속에 갇혀

후욱, 불면 날아갈 듯이 조마조마
행복한 사람들의 이야기.
그들은 결코 가로등 불빛을 원하는
삶을 살지는 않겠지.

그러니 무엇을 울고 있는가?
그들이 저 가로등의 이름이 누구인지를
모른다고 해서?

【추천 우수작】

김명인

유타시편(詩篇)·Ⅰ 외

1946년 경북 울진 출생
고려대 국문과 및 동대학원 졸업
1973년 《중앙일보》 신춘문예에 시 〈출항제〉로 당선 데뷔
반시(反詩) 동인으로 활동중
시집으로 《동두천》 《머나먼 곳 스와니》

유타시편(詩篇)·I

언덕에서 보면
구릉 너머로 낮은 구름 첩첩이 흘러 더욱 먼 나라여
매연 뿌연 가로수 아래
휘적휘적 걸어가는 너의 모습 보인다
해거름으로 오는 눈발 적막한 잔광 속으로 들끓어
거기, 흩날리는 남루가 있고 내가 묻어 버린
사련의 아픈 뉘우침도 있다, 내게는
아직도 돌아가야 할 약속이 남았는지
눈물겨운 것은 자문하는 중얼거림이 아니라
끝끝내 팽개치지 못하는 그리움, 그 증오를 거쳐
네게 가 닿을 일
그러나 발바닥은 이미 아프고 나는
머리 위 지치도록 눈발이 되는
잿빛 하늘 아래 길게 가로누운 지평을 바라본다
끌고 갈 약대도 없이 막막한
모래 언덕에는 군데군데의 침엽수, 저 구름 끝간 데까지
다시 사막으로 버티고 서서

유타인지, 유대인지, 기다릴 사람도
나는 팔아 버릴 세월도 없는데 유다처럼 흔들리고
구분 없이 내리는 눈발, 그 한 끝에 묶여서 여기 저문다
웅크린 어깨 위 홀로 붐비는 모국어여
다만 저녁 가까이 쓸쓸한 베들레헴
나는 그 부근인 듯 무언가 기다리며 오래 여기 서서

유타시편(詩篇)·Ⅱ

외롭게 떠도는 것은 나그네뿐만이 아니다
끝없는 생면부지(生面不知)의
너른 고요 위에 늙은 낙타처럼 푸푸거리는 차를 세우면
바다도 없는데 사막 한가운데로
어디선가 날아와 저만큼 내려앉는
갈매기 한 마리
그래도 쪼아먹을 무엇이 여기 있나 보다
(잠시 전 길을 가로질러 가던 몇 마리 들쥐들!)
삼십여 분이 지나도록 인적이 그쳐
구릉 너머로 사라지는 직선의 고속도로가
우리 사이의 긴장으로 팽팽히 곤두서는데
문득, 그 끝에서 거미처럼 흘러내리는 차가 한 대
반가움으로 쇠붙이조차 울컥 껴안고 싶다
반 갤런의 물로 목을 축이고
낙타는 제 몸을 추스려 울고 떠날 채비를 하지만
이 낯선 길들의 여기저기에 떨어뜨린
두고 가는 발자국이 있을까

혹은 종이처럼 펄럭거려도
내 길은 늘 구겨진 허방
몇 밤을 가도 길은 덧없이 멀기만 한데
너는 지구의 반대 편에서 잠들어 있다
그러나 보라! 불볕 열사(熱砂) 속
우리의 주거는 없다 해도
놀라운 목숨들은 여기서도 자리를 잡아
이곳저곳 나지막한 침엽수림의 군생을 이루고 있는 것
을!

유타시편(詩篇)·Ⅲ

그대와 먼 길로 나뉘어 서서
나날이 소문으로만 무성한 그대의
유월을 생각한다
그대는 여기까지 그리움의 숨결 미치지 못해서
나는 낯선 땅에서 두고 온 모국어에 들끓고
그대 새벽이 내게는 저다지 불타는 저녁노을이어서
우리는 아직도 긴 이별 속에 있다
놓고 가는 것은 세월만이 아니다
우리가 어느 그리움에 병이 되어
이별이 생이라면, 생이 이별이라면
그런 유행가 한 소절에도 아득히 꺼져버린
마음의 절벽 이켠저켠으로 마주서서
이렇게 바라볼 뿐이다
또는 끝없이 달구어지는 소금밭을 종종치거나
밟고 설 수 없는 고산준령을 치달아가는
구름들, 그 판에 박혀 점점이
흐려시는 새들이기나……그래도
유월은, 흰 눈도 따뜻하면
그 볕에 녹아내리는 어느 날이다

소

네 실직으로
거기에 집을 정한 뒤로
적막한 안쓰러움이 남았지만, 너는
오히려 태연했다, 어디를 둘러보아도 그만한 이웃들과
어울려 찰랑거리며 흘러가는 저 조용한 강물과
구릉에 걸리면 낮게 눕는 구름들,
이만한 인심이 어디 있느냐고 너는 염소같이
성글게 웃었어도 내게는 혈육의 그늘이었지만
어차피 우리들 집이란 허방일지도 모른다고
집 없는 네가 이제 더 이상 밀려날 곳이 없어도
거기서 둑길은
상류로 하류로 한없이 뻗어갔다, 그리고 둔덕엔
몇 마리 소떼들과 풀더미 간질이며 놀던
철없는 바람,
이따금씩 쉬었다 이어지는 네 생각으로
그쪽을 바라보면 네가 일으켜 세울 그런 정갈한
목장 같은 것도 눈앞에서 어른거렸지

어쩌다 강을 건너면서 이켠의 안부에 묻어
잠깐씩 멈춰 서면 휘황한 어둠이야 알았다 한들
저 장대비 쏟아지던 캄캄한 밤의 씩씩대던 독류(獨流)를
어디쯤에서 막았을까, 이 들에 차고 넘쳤을
물길은 미루나무 뿌리째 뽑아
무너진 서까래에 걸쳤는데, 네 간 곳
찾을 길 없어 여기저기 기웃거리면서
이제 와 나는 네 눈망울이 소눈 같았다고
그 큰 눈 꿈벅여 괴인 눈물마저 보는 것은
저 수해에 폐허가 된 네 집 근처에 나자빠진
물에 불은 채 죽은 젖소들 때문이었을까

산문(山門) 밖

북청빛 하늘은 쓸쓸히 아름답다
쑥국새 우는 저 벌판이
연록의 풋정으로 무르녹아
나는 이 장내에도 없고 산문(山門) 밖으로
더 먼 모롱이를 돌아
어디 소풍 가 있는 걸까
문득 바람이 일어 이마 높이로
서늘히 철쭉꽃 지우고
제 가시에도 찔려 타는 떼찔레
떨기가 펼쳐 놓은 하오
모처럼 구름을 벗어 놓고 말쑥하게
차려 입은 산들과 산 아래
애틋한 마을을 지나가는 인적 그친 늦봄과

【추천 우수작】

김혜순

침묵 외

1955년 경북 울진 출생
건국대 국문과 및 동대학원 박사과정 수료
1978년 《동아일보》 신춘문예에 문학평론 부문 입선
1979년 《문학과 지성》에서 〈도솔가〉〈월식〉
〈담배를 피우는 시체〉를 발표하여 등단
시집으로 《또 다른 별에서》 《아버지가 세운 허수아비》
《어느 별의 지옥》 《우리들의 음화》

침묵

침을 퉤퉤 뱉아
만들었다는 묵
칼로리도 없고 맛도 없어 양념 덕에 먹는다는 묵
우뭇가사리처럼 말갛게 굳은 것
그것을 길에 냅다 쏟아 부으면
민방위날 서울 한복판처럼
자동차들이 몽땅 멈추고
새는 물론
새를 따라가던 총알이 공중에
그대로 멎는다 한다
말 또한 뱉아지는 대신 삼켜진다고 한다

그대 검은 장갑 낀 손에
들려진 침묵 한 사발
오늘 아침 얻어먹으니
느. 닷. 없. 이
ㄴㅐㄱㅏㅅ_ㅁㅅㅗㄱㅇ_ㄹㅗ

나는 사막에다 말을 걸고 싶은 타조처럼
동굴 벽에다 그림을 새기고 싶은 크로마뇽인처럼
자동차사막 바퀴사막을 달려간다
끈적끈적한 침으로 빚은
묵에다 시를 새기고 싶어
어둔 밤 사막을 휘휘 저어 달려간다
말은 안 하고
침을 게워
묵을 만드는 사람들 사이로

입술

　지렁이과. 자웅동체. 밑에 있는 것을 암컷이라 부르는 사
람도 있고 위에 있는 것을 암컷이라 부르는 사람도 있으나
그 누구도 수컷과 암컷을 구별하지 못한다. 그 생긴 모양에
따라 성격도 각각. 늘 함께 벌어지고 함께 닫히는 한 몸, 환
한 대낮에는 새초롬히 땅 속을 헤매는 듯 닫혀 있지만 밤이
오면 밖으로 나와 피부로 숨쉬며 할 말 안할 말 다하고 살면
서 다른 지렁이 쌍과 몸 비비기도 서슴지 않는다 한다. 신
선한 야채와 과일을 즐기면서도 말은 마구 냄새를 피우면서
배설한다는 소문. 입과 항문의 동체. 그 배설물의 독성은 가
히 치명적(껄껄거리면서 터지는 헛방귀 소리. 그 앞에선 온
갖 동물들이 피해간다). 어두운 곳에선 끝장을 볼 때까지 터
널을 파기를 좋아하며 창자와 하나의 관으로 연결되어 있는
기관. 날카로운 이빨로 부드럽고 간사한 붉은 성감대를 가
린다는 소문. 그 수다를 보다못한 두더쥐가 어둠 속에서 잘
라먹어도 잘라진 채 잘도 진흙 뻘밭을 기어나가는 환상동
물. 하늘이 걸리는 두 눈 아래, 배를 땅에 붙이고 기어나가
는 환상동물. 하늘이 걸리는 두 눈 아래, 배를 땅에 붙이고
기는 얼굴 위의 생물 중 가장 하등동물. 붉은 지렁이과. 천
적은 새. 새의 소리 없는 비상을 내심 두려워하고, 또 부러워
한다.

중앙박물관 길

이조시대관에서 아이를 잃어버린 걸 알았다.

나의 왕의 밥그릇, 술잔, 수저를 잊혀진 후궁처럼 바라보다 말고 백자 연적의 연꽃잎들을 주르르 흘리며 고려시대관으로 달려간다. 나는 비취빛 화병들 사이로 뛴다. 병들이 한쪽으로 쏠리며 무너지는 것 같다. 튀어오르는 가는 학(鶴), 어린 소나무, 바닥에 떨어지는 민물고기, 나는 정신없이 뛴다. 뛰면서 조그맣게 아이의 이름을 불러본다. 부르는 소리는 그릇 굽는 불가마 속으로 들어간 불쏘시개처럼 흔적이 없다. 나는 다시 달려나간다. 고려에서 신라로, 개성에서 경주로 문을 박차고 나간다. 금귀걸이 옥귀걸이 유리귀걸이 소리가 잘그랑잘그랑 나는 방 속을 뛴다. 금을 왕수에 녹일 때처럼 가슴 속에서 기포가 보그르르 올라온다. 어떡하나. 파헤친 왕릉 사이로 아이의 머리가 언뜻 보인 듯하다. 나는 그 무덤의 부장품 사이로 손을 집어 넣는다. 단단한 통유리가 손바닥 아래서 탁! 나를 막는다. 신라관에서 불현듯 토기시대관으로 건너뛴다. 박물관 밖으로 나가선 안 되는데. 그러면 더 못찾을 텐데. 흙이 일어서 그릇이 된다.

흙이 일어서 사람이 된다. 흙이 일어서 물동이가 된다. 모든 그릇들이 아이로 보인다. 깨어진 아이를 본드로 붙여놓은 듯하다. 아이가 물을 담고 서 있다. 휘재야 휘재야 나는 운다. 눈물이 카펫바닥에 스며들고 박물관 입구에서 산 엽서들이 쏟아진다. 석기시대관 입구에서 다시 아이를 부른다. 돌화덕에서 연기가 오르는 듯하여 경황 중에 한번 더 쳐다본다. 돌칼 돌화살 돌창 저것들로 잡을 짐승이 있었다니 믿기지 않는다. 문 밖으로 달아나는 노루 언뜻 보인다. 그 노루를 쫓아가다 말고 휴게실을 둘러보기로 한다. 어느 나라로 떠나는 대사에게 임명장이라도 내린 방일까. 웅장하고 두껍고 붉은 커튼이 어마어마하다. 한 손으로 머리 위에 종이를 내리며 아프리카로 가라, 그대는 칠레로. 아니면 남의 나라 사람들이 남의 나라 사람들에게 남작 백작 공작 자작 깃털을 하사하며 정오엔 깃을 펴라 뽐내어라 연극하던 방일까. 그곳에서 코카콜라를 판다. 나는 누군가와 부딪치면서 콜라 세례를 받는다. 흰 치마에 콜라가 썩은 피처럼 번진다. 징징거리면서 계단을 내려간다. 다시 올라온다. 사각

의 미로 같다. 그러다 어느 방에 갑자기 고꾸라지듯 들어
선다. 철기시대. 철로 만든 검. 철로 만든 방패. 철로 만든
모자. 철로 만든 창을 등지고 다시 나온다. 그러다 계단 위
로 꿈결처럼 아이가 걸어올라 오는 것을 본다. 엄마 이게 뭐
야? 으응 이건 철갑옷이야. 칼로 싸울 때 맞지 않으려고 입
는 거야. 무거운 옷일 거야. 우리는 철기시대 철갑 병사 앞
에서 두 손을 맞잡는다.

종

요새는 아무도 종을 치지 않는다
신부님도 잊어버렸나
염소같이 생긴 권정생 아저씨도 잊어버렸나
종소릴 들은 지 한참 된 것 같다

머리가 땡땡 울리지 않는다
울리지 않는 머리를
벽에 짓찧으면
물렁물렁한 내 머리가
지점토 반죽같이 찌그러진다.

(종이 썩는다
종을 치면
종이 종이 뭉치처럼 부서져
썩은 책처럼 흩어진다)

깊은 밤 내가 이불을 쓰고 누워
물렁한 종을 베개 위에 얹어놓고
곰팡이처럼 어둠이 내리는 것을 본다
옆방에서도 긴 한숨소리 들린다

태평로 · 2

거인들은 눈이 많다
오백 개 천 개
아이구 다 못 세겠다
그 많은 눈에 불을 켜고
밤거리를 내려다보는 거인
장관이다

가까이 다가가면
거인의 입냄새
지하 무덤에서 올라오는
싸늘한 냉기
얼음 내장의 냄새
많은 남자들 여자들
한꺼번에 삼키고
조용히 가루를 내어
빻고 있는 저 차가운
기계 내장의 냄새

간혹, 불켠 빌딩의 몸 밖으로
방앗간의 제분기 페달처럼
엘리베이터들이 오르내리는 것 보이고
간혹, 자꾸만 희어지는 머리를
쌓이는 뼛가루를
털어내는 중년 남자의
작아지는 모습 보이고

거인들의 입 밖으로
조용히 불어 나오는 바람
허기의 바람
모여서 폭풍이 되는
저 배고픈 광장의 바람
어둔 바람

이 윤 택

밥의 사랑 외

1952년 부산 출생
1978년 《현대시학》으로 등단
시집으로 《시민》《춤꾼이야기》《우리는 제네바로 간다》
《막연한 기대와 몽상에 대한 반역》
평론집으로 《해체, 실천, 그 이후》

밥의 사랑

난 잊고 살았다.
눈 화장을 지우고 콘텍트 렌즈를 뽑아내 버린
희(姬)의 부스스한 새벽 얼굴을
잊고 지낸 것이다
저 여잔 저렇게 잠이 덜 깬 모습으로
몇 번 이부자리에 고꾸라졌다 앉았다 하면서
남자의 아침밥상을 꿈꾸는 중이다
아침밥 아침밥 하면서
도수 높은 졸보기 안경을 주섬주섬 걸치고
부엌으로 나가다가 싱크대에 이마를 들이받는 중이다
아이고 아파라
전혀 교양이 없는 생 목소리가 터지고
몇번 퉁탕 삐걱거리는가 싶더니
내 잠든 머리맡으로 쏴아 변기통 물소리가 냅다 쏟아지
는 것이다
희(姬)는 지금 알궁둥이를 까고 앉아
돌아온 남자의 아침밥을 짓는 중이다.

아침 잠이 유난히 많은 이 여자는
내 사랑을 받지 못했다
나의 새벽 출정은 십 년이 넘는 습관성 역마살
미쳐 날뛰는 칼바람이 되어
휘파람처럼 지나쳤던 여인들과
내가 겪었던 싸움과 도박판에서 예언은 발견되었는가
단 한 줄의 느낌도 구하지 못하고
뻘밭의 개 행색으로 찾아든 집구석
희(姬)가 쌀을 씻고 있다
언제 훌쩍 푸른 새벽길이 될지 모르는 남자에게
필사적으로 밥을 먹이려는 여자
끓는 밥솥을 확인하면서 방문 안으로 비칠비칠 걸어 들어와
잠든 체하는 내 머리통을 꼭 끌어안고
다시 엎어져 잠드는 여자

살아 있다는 느낌

나는 비극적으로 사랑하고
자살하고 싶다 그러나 사랑하지 않고
자살하지 않는다
월말까지 밀린 원고를 써야 하기 때문에
사랑할 시간이 없다
죽고 나면 비극적인 사랑의 느낌까지 지워지기 때문에
자살할 수도 없다
술을 마시면 비극
글을 쓰면서 자살을 꿈꾼다
나어린 여배우들 엉덩이나 툭툭 치면서
연애를 그리워한다
그러면서 여편네에게 전화를 하고
집이 있기 때문에 조금은 행복하다는 생각도 해본다
한 소년의 마음에
공중누각을 세우게 했던 별의 순행
저것이 영생을 가리키는 상징이란 말인가
증명되지 않은 느낌을 찾아 외로운 사냥길에 올랐던

한 소년의 마음에
한 장씩 벽돌이 쌓이고
그 벽돌이 제 모습을 갖추는 데까지
삼십 년이 걸렸다
삼십 년이 걸려 쌓은 누각에 갇혀
한 발짝도 앞으로 나갈 수가 없다
사랑할 수 없고 자살할 수도 없다
살아있다는 느낌만 새파랗게 남았다
이 느낌을
전진하는 시간의 화살 위에 놓는다

한밤의 음악편지

누가 냉장고 전기 코드를 뽑아 놓았길래
먹을 게 퍽퍽 썩고 있는 거요 어, 그게 냉장고 선인가
그 줄 뽑아서 전기 다리미에 꽂았다
뭐 이런 일인데 혀 한두 번 끌끌 차면서 넘어갈 수 있는데
여편네는 따발총을 쏘았을 것이고
노모는 기죽기 싫어서 주둥이를 쥐어박았을 것이다
아이코 이 할마시가……그러면서
여편네는 마른 장작 같은 화력에 불을 붙였을 것이다
노모는 이 악독한 년 그러면서
악독한 여자의 머리칼을 닭털 뽑듯 뽑았을 것이다
채경이는 재빨리 이불을 뒤집어쓰고 또 쥐새끼로 둔갑했
을 것이다
안 보아도 눈에 선하다
콩가루 집안이다 나무 명패를 집어 던지고
아이코 이 고마운 코피 이제 넌 물 건너갔다
아쭈 각설이타령 하는구나
여편네는 당장 이혼하자고 전화통에 대고 악을 쓰고

저년 껍데기를 홀랑 벗겨서 당장 내쫓아라 불호령
TV는 차라리 송출 전선을 끊어버렸다
여기서 이 말 저기서 다른 말 피곤한 싸움 말리지 말고
이 깜깜한 밤 몸서리 치도록
손 털고 일어서자고
석탄 백탄 타는 시간
우리의 이윤택 디스크 플레이어는 유일하게 남은 FM
89.1MHZ 채널에
그리운 금강산을 실어 보낸다
안녕하십니까 별이 빛나는 밤에
결코 잠 못 드는 여러분을 위해 이어지는 목포의 눈물
채경이를 위하여 울 밑에 선 봉선화를 찾는다
십 년이면 강산도 변한다는데 십 년을 살아도 뻘밭이다
잠들 집이 마땅찮은 사람들을 위하여
이 한밤의 음악편지는 중단되어서 안 될 것 같다

죽은 시인의 사회

나는 먼저 관형사를 제거시킨다
특히, 시급히, 본격적으로, 최소한의, 궁극적으로, 좀
더, 등등
우리를 진부하게 감동시키려 했던 어두 강세의 힘도 풀
어 버린다
단순하게 이야기할 필요가 있다
제 말만 떠들어 대다 보니 공허하고 배도 고파서
정작 말 못하고 죽은 느낌이 많은 세상이다
이 소재 불명의 양심들이 발언하게 하라
응 나 대통령 되고 싶어 시켜줘 봐 잘해 볼게 라든지
그게 내가 발포명령 내렸어
이 이상 설득력 있는 화술은 없다
천 냥 빚도 갚을 수 있는 한국어의 위력이다
그리하여 외마디 단음들이 시원한 오줌 줄기로 쏟아지고
화냥스런 세월의 속치마가 찢겨져서
냉이 줄줄 흐르는 아―대한민국을 향해 발기하는 시
시인의 고단백질로
제대로 된 사람새끼를 순산하는 일이다

들끓는 바다의 노래

파란의 한국사 또한 굴곡 심한 서해안 같아서
격랑을 타고 외쳐도 덧없는 썰물이라면
시인은 이 토사곽란의 시궁창에서 철수하여
제각기의 섬을 이루는 것이 고전적인 선택일지 모른다
그러나 우리가 제각기의 섬에서
일가를 이룬다 한들
저 들끓는 바다의 노래가 될 수 있는가
바다에 떠 있는 경박한 선박 또한 무슨 힘이 있어서
들끓는 바다를 평정할 수 있을까
그저 한치 앞이라도 나아가 보려는 필사적인 파도타기
흔들리고 부딪치고 뒤집히면서
이 들끓는 고해
푸른 매독 같은 저녁을 받아들이고
핏발 선 눈으로 새벽 버스를 기다리면서
우리는 서서히 들끓는 바다의 일부가 되는 것
배는 배 홀로 존재하지 않는다
부딪치고 뒤집히면서 들끓는 세계를 아편처럼 느낀다
아편처럼 자신을 바다에 풀어 먹이면서
스스로 들끓는 노래가 되는 일

홍수환은 아직 은퇴하지 않았다

지하철 역에서 전 세계 챔피언 홍수환을 만났다
후줄그레한 점퍼차림으로 승차권을 끊으려 줄 서 있다
나도 그 뒤에 서 있다
전 세계 챔프이거나 말거나 승객들은 앞만 보고 밀어붙
인다
서울시민들은 대단한 인파이터들이다
열차도 신나게 앞으로—
홍수환은 흔들리면서 한눈을 판다
한눈 팔다 떼밀려 휘청거린다
나는 히죽 웃는다
히죽 웃는 내 표정이 홍수환에게 들킨다
본의는 아니었지만
아마 나의 '히죽'이 홍수환의 자존심을 건드린 게 분명
하다
쓸쓸한 관심
참을 수 없는 연민으로 가 닿았으리라
그때 나는 보았다
번쩍 스치는 그늘 같은 거
검은 표범 카라스키야를 순식간에 때려 누이던

슬픔의 힘—나는 지금 지리한 싸움을 계속하고 있습니다
            스포트 라이트도 개런티도 없이
            내가 상대해야 할 적수들
            앞으로 앞으로만 밀고 들어오는 이 기세는
            대단한 속도전으로 받아 내어야 합니다
            짧았지만 영예로웠던 나의 존재를 시키기 위한
            의무방어전입니다
            나는 구경꾼들의 놀이개만은 아니었다는 것
            쓰다 버려지는 경주용 차가 아니라는 것
            나는 인간이었으며
            나의 모든 적수들과 아름답게 만났듯이
            선선히 지하철에 오르고 당신들과 만나고 있습니다
            나는 아직 선전분투 합니다

이하석

고추잠자리 외

1948년 경북 고령 출생
1971년 《현대시학》으로 데뷔
경북대 사회학과 수학
시집으로 《투명한 속》 《김씨의 옆얼굴》 《우리 낯선 사람들》
제9회 김수영문학상 수상

고추잠자리

그가 날 찾아왔다고 생각한다.
그가, 그 여린, 모든 설명과 죄악의 세계에서 자유로운 그가
문득 내 앞에 나타났다고.
이 턱 없는, 아슬아슬한,
사랑이 실은 나의 힘이다.
내가 사는 도시의 미세하게 얽어짜인 미궁들을 비켜서
그만이 아는 미로의 해답을 더듬어서
그가 내게 왔다.
   그 길은
   내가 가보고 싶었던 길

 그를 붙잡으려고 볼펜을 놓다가 밀린 서류를 챙기느라
나는 또 깜빡 빠져든다. 아침에 샤워한 등이 에어콘 기운
에 닿아 무감각해진다.
  그는 붉은 섬광처럼
  내 서류 위에 날개 그늘을 드리운 다음
  찬 바람에 떠밀려 방음의 천정을 휘젓다가

창밖으로 날아가 버린다.
누가 문을 연 실수를 범했나 보다.
누가 투덜대며 문을 닫는 소리에 바깥에서 침입하던 소리
들이 끊겨 나는 잠시 멍한 적막 속에 빠져든다.
내 주위에서 몇 사람이 황급히 서류 속에 몸을 숨기는 게
느껴진다. 나보다 먼저 그를 본 이들임을 알겠다. 그들은 창밖
의 가볍고 투명한 날개의 침입자들을 잠시나마 은밀히 지켜보
았겠지.
그러나, 다행히, 그는 문닫기 전에 빠져나갔고
그래, 그는 내게 왔다가, 문득, 가버렸다.
　　　　그는 잘 돌아갔을까
　　　　왔던 길을 되짚어서

실바람처럼

그가 간 길을 나는 헤아리지 못하지만,
타이피스트 김양은, 지난 주말에 산에 갔다가

폭우를 만나 숲에서 허둥댔는데
그것들이 나뭇잎 뒤에 실바람처럼
붙어 있더라고 말한다.

냇물 속에 뭔가가 있다

낮이거나 저녁이거나,
또는 한밤중이거나
잔주름지는 물의 푸르고 노란,
또는 검은 자갈들 비치는 내에

    그것은 있다

모래무지라고 말할지도 모른다
큰 머리 주억대며
은백색의 흰 배와 검은 등이 빛나는 몸에
여섯 개의 흐린 무늬가 찍힌, 모래 같은
그 고기는 수염을 떨며 모래 속에 파고들고
때로 모래를 불어 물결에 흘린다

    그것은 냇물을 자맥질하면서
    거꾸로 선 떡버드나무의 하늘을 휘젓고
    그러면서 그게 내겐 잘 보이지 않는다

다만 그것 때문에
냇물은 흐르는 소리 높이거나 낮추고
거꾸로 선 나의 머리 아래로
깊은 세계가 있음을
보여준다

죽음일까 까만 물풀일까
내가 한때 한껏 몸 기우린 채 보았던
연꽃의 그 아래의 어둠일까 빛일까
빈병일지도 모른다
모래에 반쯤 몸을 묻고
양각된 글자와 그림들 물과 모래로 매끈해진
주둥이를 뻥하니 벌린 채
때로 물 아래서 번쩍이는

모래무지가 낸 길이 아른거리는
물결 아래의 모래 위로 나서

모래의 어둠 속으로 들어간다
그 길 어귀에 죽음과 생성의
그늘은 어른거린다
그걸 비켜가지 않으려고 그 길에 내려섰다가
아얏하고 맨발은 마음보다 먼저 오그라지며
물밖으로 튕겨나간다
유리조각에 찔렸나 보다
아니면 내가 찾아보려는 그것이
날 밀어낸 것일까

도쿄 지하철역에서

누가 굴 입구에
빛과 어둠을 뒤집어쓴 채
서 있다
자정, 어둠의 자식인지
밝음의 자손인지 알 수 없지만
빛과 어둠에 한 발씩 디딘 채로

그리고 문득 굉음과 함께
사라져 버린다
철문 속 빛의 세계로 빨려든 것일까
동굴 속 어둠에 짓이겨져 버린 걸까

시속 일백 킬로

푸른 빛이 산 허리에서 문득
배어나온다. 그 경계를 이룬 녹색은
참나무숲인 모양이다.
꽃나무가 바람에 흔들리자
분홍빛이 확 끼얹어진 푸른빛의 아래쪽,
붉은 흙들도 그늘 속에 젖어 있다.

어둠이 푸른 빛의 밑에
튼튼한 기둥들로 버티고 있다.
거기서 연둣빛이 뿜어져 나오고,
빗방울이 튀어서
어둠과 연둣빛은 하늘에도
점점이 묻는다.

그리고 그 옆 흑청색이 뭉쳐진 곳은
비탈졌으나 신문지의 한 사건과
광고에 가려서 잘 안 보인다.

앞 좌석에 좌경(左傾)으로 자는
서른 안팎의 여자는 덮어쓴 신문지가
펄럭일 때마다 머리칼이 흐트러진다.
손에서 벗어나 팔걸이에 걸린 흰 구슬빽은
반쯤 열려 검은 빗이 갈색 머리칼 한 올을 물고
비죽하니 솟아나 있다.

그녀의 머리칼을 빗어 주고 싶어
그녀의 머리칼을 바라보니
갑자기 초록 장막이 머리칼 너머로 피어나
그녀의 신문 이불 위로
엄청난 산그늘이 덮여 온다.

약속

나무 밑에는 흙이 없고
비닐주머니들이 쌓여 있다.
푸성귀와 조개껍질들이 구겨지고 짓이겨진 게
투명한 막을 통해 보인다.
검은 비닐 속에는
무엇이 들었는지 알 수 없다.

그것들은 무엇인가를 기다리고 있다
골똘하게, 나무도 누굴 기다리는 모습으로
그늘을 살랑대고 있다.
그 그늘을 비켜서서
나도 기다리고 있다.

시간에 맞춰 노란 차는 와서
비닐주머니들을 실어가 버린다.
그것들이 어디로 가는지 알 수 없고,
나도 막 뛰어온 사람과 악수하고
서둘러 그곳을 떠난다.
나무 그늘은 한낮이 되자
파리하게 움츠러든다.

【추천 우수작】

조정권

조롱받는 시인 · 1 외

1949년 서울 출생
1970년 《현대 문학》 추천 데뷔
1985년 녹원문학상 수상
시집으로 《비를 바라보는 일곱 가지 마음의 형태》
《시편》 《허심송》 《풀잎 속 푸른 힘》

조롱받는 시인 · 1

자네 그렇게 시를 쓰다간
늘 암벽에 부딪힐 걸세.
그렇다면 말일세, 나는
그 벽에다 머리통을 부딪히는 데에
남은 생애를 바치겠네.

조롱받는 시인·2

비평가여, 한번 시간을 내서 그의 문병(問病)을 가보자.
아무래도 그는 무엇인가 잘못 끼어 있다는 느낌이 든다.
끈끈이 종이 위에 달라붙은 파리떼처럼 비좁은 문인주소
록 속에
그의 문패가 칠십 먹은 수염을 달고 걸려 있는 것이,
서로들 비집고 들어간 자리에 뱉아 놓은 츄잉껌을 응덩
이에 붙이고 있는 것이.
수상한 아파트에 살고 교수가 되고 학장이 되고 시인들
이 먼저 자가용으로 오고.
그는 웬일인지 자기 병(病)마저 잘못 앓고 있다는 생각
이 든다.
상(賞)을 한 번 타면 '상(賞)'이지만
두 번 타면 '쌍'이고
세 번을 타면 '쌍'이라고
상(賞)을 조종하는 자들을 비웃으며
언 하늘을 이마로 받으며 큰 혹 하나 만들어 큰 혹 같은
시를 쓰고.
앉은 채로 좌충우돌. 누운 채로 질퍽질퍽.
봉사 밤길 헤매듯 이렇게 살고 있으면 그는 시인이 되는
것일까.

그러고 있으면 우화등선하는 것일까

그가 만드는 잡지에 자신의 얼굴이 나오면 조칭이라고

스스로 부끄러운 이름을 빼어 버리고 비양심을 자처하고

그는 불을 끄려 들지만 끈 것일까.

아랫 술잔에서 술(術)을 따른 바 없고

윗 술잔에다 술(術)을 따른 바 없으며

굴비들을 한주름에 꿰듯 표밭을 다진 바 없고

큰 거 한 장으로 무더기의 밤을 봉해 버린 바도 없고.

문협도 가입 안 하고 펜도 가입 안 하고 비회원으로 남
아 비회원을 부정하고.

이러고 있으면 정말 그는 우화등선하는 것일까.

그는 월광(月光)문학, 현광(現光)문학, 장작비평, 세간
(世間)문학을 찾아가 본적 없고

그는 스승도 부정하고 순수시도 부정하고 참여시도 부정
하고

그렇다고 민중시를 휘몰고 등산을 가본 적도 없고

해체시를 휘몰고 해수욕장으로 가본 적도 없고

영감들을 찾아가 십 년 세배를 가본 적도 없고

무단결근 사흘간을 가족 내몰고 새끼 내몰고 세상에서
가장 행복해지고 싶은 프랑스 사나이 연습을 하며

부정하고 부정하고 부정하고
그는 절필을 한 시인도 부정하고
술에 취해 팽팽한 가슴 허벅지 조갯살 옹달샘 여자를 부
정하고 봉사 밤길 헤매듯 세상을 헤매지만.
비평가여 그는 왜 조롱받아야 하는 것인가.
불구경 하듯 쌈구경 하듯 멀리서 조롱하는 몰이꾼들과
같이
그대들도 불을 끄러 왔다가 슬그머니 불을 지른 것이 아
닌가.
아무래도 그는 무엇인가 잘못 끼어 있다는 느낌이 든다.
책장에서 책을 삭발하고 장식물을 퇴치하고 식은 냉방에서
소유는 장식이 된다는 생각에 무릎을 치며 삼십 번쯤 앉
았다 일어서고.
일어서서는 언 하늘을 들이키고
영어로 번역된 그믐달을 향해
토종견처럼 쌍욕을 해대고 있는
그는 그러다가 정말 우화등선이라도 하는 것일까
매일같이 그 옆에서 함석 두들기는 시인들의 망치 소리
가 뼈를 빻고 있고
그의 하느님은 의지박약으로 두 귀를 자를 것 같다.

몰이꾼

코끼리 몰이꾼은 바다 건너 남의 땅에다
장화발을 내뻗고 옆의 나라 공장에다
간섭의 팔뚝을 걸쳐 놓은 형상이다.
블록 담장을 곧잘 넘어뜨리는
코끼리의 안하무인의 다리통.
어둠 속에서 우리가 노래의 창(創)끝을 휘두를 때마다
몰이꾼들은 전경을 풀듯 방패로 삼고 있다.

비닐하우스로 내리는 눈

저녁 내내 어둠에 섞여 푸설푸설 떨어지는
상계동의 눈은 흙 위에서 내려앉지 못하고
변두리 비닐하우스와 루핑지붕 위 공중에서 헤매다가
기름종이에 빠져 녹아 없어진다.
상계동에 내리는 눈은
스스로 벗어날 길 없는 가벼운 살갗으로 비비다가
스며들지 못하고
저 혼자 기름종이 위에서 얼어 죽어간다.
환한 불빛 가에 쌓이는 어둠은 더 어둡다.

상계동에 내리는 눈은 밤새도록 죽은 나뭇가지를 적시다가
이른 아침이면 저 스스로 얼어붙어 있다.
변두리 창동 풀 죽은 배추밭에도 떼로 엎어져
배추와 함께 허옇게 얼어 죽어 있다.

보라, 스스로 집어던질 수 있는 무게를 지니기 위해 얼
어 죽는 눈들.

구름의 편지 · 1

처녀시집을 보면.
갓 태어난 아기 예수의 눈동자를 보고 있는 스무 개의
눈동자가 들어 있다.

나무에 기대어
더 가까이
먼 곳을 듣는 감각이 살아 있다.

태풍 속에 항진(抗進)을 계속해 온 귀와
원정(遠征)의 깃대를 높이 세운 가슴들도
살아 있다.

스스로에게 제왕(帝王)처럼 명령(命令)하고 노예처럼 복
종해 온 신성(神聖)한 노동(勞動)도 살아 있다.

처녀시집을 펼치면
쇠못 같은 빗줄기 소리가 난다.
도마뱀 한 마리가 물섶으로 뛰어드는 소리도 난다.

그러나 처녀시집 속에는
네가 너를 쏘려 했던 피스톨이 아프게 묻혀 있다.
네가 5월의 우체국으로 한 짐 지고 가서
그리운 라이발들에게 소포로 부친 햇살들은 이제 식고
없다.

처녀시집은 영원한 그리움이다.
부치기를 망설였던 순결한 영혼의 한때가 네게도 있었다.

처녀시집은 영원한 그리움이다.
왜냐하면 너의 라이발은 너 자신이었으니까.

만약에 말이다,
내가 마지막 시집을 내게 된다면
나의 저작권은 흰구름에게 넘기련다.

내 주(主)인
구름에게,
내 삶의 로얄티도.

구름의 편지·2

온 천지에 연둣빛이 찾아오는데
다시 한 번 연둣빛이 찾아오는데
내 마음 풀잎우표 붙이고
어디 가는 차표를 살꺼나

【추천 우수작】

최승자

미망(未忘) 혹은 비망(備忘) ─ 아무도 모르리라 외

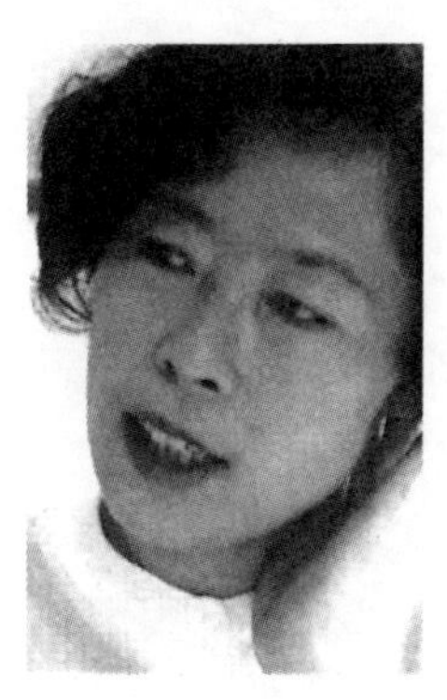

1952년 충남 연기 출생
고려대 독문학과 수학
1979년 《문학과 지성》 가을호에 《이 시대의 사랑》 외 4편을 발표, 문단 데뷔
시집으로 《이 시대의 사랑》 《즐거운 일기》 《기억의 집》

미망(未忘) 혹은 비망(備忘)

아무도 모르리라

아무도 모르리라.
그 세월이 어떻게 흘러갔는지
아무도 말하지 않으리라.
그 세월의 내막을.

세월은 내게 뭉텅뭉텅
똥덩이나 던져주면서
똥이나 먹고 살라면서
세월은 마구잡이로 그냥,
내 앞에서 내 뒤에서
내 정신과 육체의 한가운데서,
저 불변의 세월은
흘러가지도 못하는 저 세월은
내게 똥이나 먹이면서
나를 무자비하게 그냥 살려 두면서.

먹지 않으려고

먹지 않으려고
뱉지 않으려고
언제나 앙다물린 오관들.
그러나 언제나 삼켜지고
뱉아져나오는
이 조건반사적 자동반복적
삶의 쓰레기들.

목숨은 처음부터 오물이었다.

생명의 욕된 가지 끝에서

생명의 욕된 가지 끝에서
울고 있는 죽음의 새,
죽음의 헛된 가지 끝에서
울고 있는 삶의 새.

한 마리 새의 향방에 관하여
아무도 의심하지 않으리라
하늘은 늘 푸르를 것이다.
보이지 않게 비약의 길들과
추락의 길들을 예비한 채.

마침내의 착륙이 아니라
마침내의 추락을 예감하며
날아오르는 새의 비상—

파문과 파문 사이에 춤추는
작은 새의 상한 깃털.

넘치는 현존의 거리

넘치는 현존의 거리,
그만큼 또한 넘치는 부재적 실존들이여.
그 모든 부재들 중의 부재로서
나 피어났네.
검은 독버섯처럼.

뛰기 싫어 내 인생은 지각했고
걷기 싫어 내 인생은 불참했지.

오 그 모든 빛나는—
내가 불참했던,
오 그 모든 빛나는—
내가 부재했던,
그 자리들이여.

이제 내가 내 부재의 그림자로서
전 세계 위에 뻗어 누우려 하네.

어떻게 잠 속으로 걸어 들어가야 할 것인지

어떻게 잠 속으로 걸어 들어가야 할 것인지.
이제 개들은 머뭇거리며 골목 안으로 꼬리를 숨기고
침묵은 오래도록 홀로 신음할 것이다.

잠으로 들어가는 저 입구가 두렵다.
검은 굴 속에서 꿈은 또 물고 늘어질 것이다.
꿈은 물어 뜯고 물어 뜯을 것이다.
그리고 그때마다 악몽의 환각이,
두려운 생시의 파편들이 번갯불처럼 번쩍일 것이다.
한 테마의 연속적인 꿈들과
그 사이의 단절된 악몽의 환각들의 폭발.
잠으로 들어가는 저 입구가 두렵다.

그리고 내일 아침이면, 독한 하이타이로
수백 번 빨아 헹구고 쥐어짠

거덜난 누더기 옷감처럼 나는 또다시
아침의 햇빛 속에 내동댕이쳐져 있을 것이다.

말로든 살로든 못내 부비고

말로든 살로든 못내 부비고
싶어하는 한 마리의 포유동물.
그 뇌 속에 회백질의 긴 회랑 속에서
언제나 울리고 있는 발자국 소리들.
사라지지 않는 발자국 소리들.

그래, 이 시간에도 추억들이,
차디찬 도랑물 속에 추억들이,
눈 꼭꼭 감은 시체들이 줄지어 떠내려가고.
기억의 짐을 싣고 밤배는 또 고단히
요단강을 거슬러오를 것이다.

밤이 온다

밤이 온다.
모든 길들이 뿔뿔이 흩어진다.
누군가 한 생애의 눈시울을 감고
어디선가 검은 커튼이 내려진다.

오 늦게, 너무나 늦게서야 왔구나.
후회처럼 빠르게 내리는 서리.
회한처럼 빠르게 쌓이는 눈.

자욱히 내리는 시간의 미립자 속에서
두 발은 처음부터 존재하지 않았던 듯하고
온힘으로 내리쳐도
이 밤의 안개를 끌 수가 없다.

(내가 죽었다 깨어나도
이 밤은 아직 이 밤일 것이다)

내 무덤, 푸르고

내 무덤, 푸르고
푸르러져
푸르름 속에 함몰되어
아득히 그 흔적조차 없어졌을 때,
그때 비로소
개울들 늘 이쁜 물소리로 가득하고
길들 모두 명상의 침묵으로 가득하리니
그때 비로소
삶 속의 죽음의 길 혹은 죽음 속의 삶의 길
새로 하나 트이지 않겠는가

집이 산절로 산이요

집이 산절로 산이요
집이 수절로 물이요
그러나 집이 들끓는 불이요

집이 넘치는 술이요
집이 끝끝내 채워지지 않는 빈 잔이오.
집이 처처에 바람이요
집의 몸통에 자율신경 장애가 생겼소.

집이 큰 파도 속의 일엽편주요
집이 인적 없는 사막이요
집이 가도 가도 끝없는 원시림이요
집이 온통 절간이요
집이 도대체가 길이요

집이 길 아닌 온갖 길 위에 둥둥 떠 있소.

오세영

우리나라 꽃—철쭉 외

1942년 전남 영광 출생

서울대 대학원 국문과 졸업

1968년 《현대문학》 추천 데뷔

1983년 시협상 수상

1984년 녹원문학상 평론 부문 수상

제1회 소월시문학상 수상

시집으로 《반란하는 빛》 《가장 어두운 날 저녁에》

우리나라 꽃
—4·19, 5·18, 6·29를 회상하며

철 쭉

소리 없는 함성은 죽어서
꽃이 되나 보다.
파아랗게 강그라지면
외치는 입과 입,
꽃은 시각(視覺)으로 말하지만
그의 언어는 미각(味覺)이다.
발포!
시위를 진압하고 돌아와
술에 꽃잎을 띄우는
독재자여,
너에겐 광기(狂氣)를 달래는 술조차
폭력이구나,
그러나 너는 모른다.
확고한 신념은 항상
대지(大地)에 박고 있는 뿌리인 것을,

꺾어도 꺾어도 피어나는
빛 고운 우리나라 4월 철쭉꽃.

장미

타오르는 장미를
한 접시 등불이라고도 하지만
피어오르는 장미를
한 떨기 별무리라고도 하지만
아니다! 장미는
장미다.
목에 칼을 대도 할 말을 하는
서슬 푸른 장미의
가시.
진흙밭 일궈 자갈밭 일궈
이 세상 꽃길 만드는 게 죄라면
나는 즐겁게
칼을 받겠다.
독재자의 가위에 싹둑 잘리는
그대의 머리,

그러나 장미는
대가 잘려야만 더욱 푸르다.
빛 고운 우리나라 5월 장미꽃.

나팔꽃

땅이 아니라
아스팔트 위에서 피는 꽃도 있다.
어깨와 어깨를 메고
팔과 팔을 엮어
와와! 바리케이드를 넘는
그 향일성(向日性),
넝쿨들의 부단한 항쟁,
너에게 억압이란 있을 수 없다.
항상 푸른 하늘을 향해 자라는 너는
오히려
장벽을 꽃밭으로 일구는구나.
초연(硝煙) 가신 광장의 깃발들처럼
울타리 가득 뻗어 올라 빛을 향해서
만세!
총궐기한

빛 고운 우리나라 6월 나팔꽃.

구룡사시편(龜龍寺詩篇) 전사(前詞)

아침에는 산새가 창밖에서 우짖고
저녁에는 여우가 숲에서 운다.
한나절 퍼붓던 폭설이 지자
밤에는 달빛이 쌓이는 소리,
무심한 산옹(山翁)은 잠들었는데
머무는 나그네는 시름도 많다.
적막한 외로움 견딜 수 없어
살포시 뜰 위로 내려섰더니
우지끈 이마를 때리는 소리,
눈더미에 부러지는 솔가지 소리

오세영 159

구룡사시편(龜龍寺詩篇) 후사(後詞)

어린 사미의 손목을 잡고
돌다리를 건너다 떨어뜨린
동전 한 닢,
아이야 그만두어라,
흐르는 것이 어찌 여울뿐이랴,
어제 네 놀던 연꽃 대좌엔
아침엔 산까치가 와서 울고
저녁엔 솔방울이 앉아 있구나.
흐르고 흐르니 어찌 산이 산이겠느냐,
어린 사미의 손목을 잡고
돌다리 건너 암자 가는 길
흰 구름 굽이굽이 흘러가는 길.

송수권

석남꽃 꺾어 외

1940년 전남 고흥 출생
서라벌예대 문창과 졸업
1975년 《문학사상》으로 데뷔
1975년 〈동학〉으로 문화공보부 장관상 수상
1985년 금호문화재단 예술상 수상
제2회 소월시문학상 수상

시집으로 《산문(山門)에 기대어》 《꿈꾸는 섬》 《아도(啞陶)》 《우리나라 풀이름 외기》

석남꽃 꺾어

무슨 죄 있기 오가다
네 사는 집 불빛 창에 젖어
발이 멈출 때 있었나니
바람에 지는 아픈 꽃잎에도
네 모습 어리울 때 있었나니

늦은 밤 젖은 행주를 칠 때
찬그릇 마주칠 때 그 불빛 속
스푼들 딸그락거릴 때
딸그락거릴 때
행여 돌아서서 너도 몰래
눈물 글썽인 적 있었을까.

우리 꽃 중에 제일 좋은 꽃은
이승이나 저승 안 가는 데 없이
겁도 없이 넘나들며 피는 그 언덕들
석남꽃이라는데······

나도 죽으면 겁도 없이 겁도 없이
그 언덕들 석남꽃 꺾어 들고
밤이슬 풀비린내 옷자락 적시어 가며
네 집에 들리라.

이사리 사람들 뒤채어
거친 잠을 묶어 누울 때
그쳤던 눈발 다시 뒤섞인다
산막에서 새어나온 빛살만
먼 새벽 저쪽으로
오리목 등걸을 찍고 간다

까치밥

고향이 고향인 줄도 모르면서
긴 장대 휘둘러 까치밥 따는
서울 조카아이들이여
그 까치밥 따지 말라
남도의 빈 겨울 하늘만 남으면
우리 마음 얼마나 허전할까
살아온 이 세상 어느 물굽이
소용돌이치고 휩쓸려 배 주릴 때도
공중을 오가는 날짐승에게 길을 내어주는
그것은 따뜻한 등불이었으니
철없는 조카아이들이여
그 까치밥 따지 말라
사랑방 말쿠지에 짚신 몇 줄 걸어놓고
할아버지는 무덤 속을 걸어가시지 않았느냐
그 짚신 더러는 외로운 길손의 길보시가 되고
한밤중 동네 개 컹컹 짖어 그 짚신 짊어지고
아버지는 다시 새벽 두만강 국경을 넘기도 하였느니

아이들아, 수많은 기다림의 세월
그러니 서러워하지도 말아라
눈 속에 익은 까치밥 몇 개가
겨울 하늘에 떠서
아직도 너희들이 가야 할 머나먼 길
이렇게 등 따숩게 비춰주고 있지 않으냐.

남평 디딜강을 지나며

울음으로 사는 것은 짐승들이다
울음도 웃음도 없는 저 순한
엽록소들을 보아라
땅 속 깊이 뿌리박고 태양을 먹어도
그 무엇도 다치지 않는
저 순한 엽록소들을 보아라
선한 것들만 모여서 온통 푸르름을 쌓아
저마다 한 채씩의 성(城)을 이루어
4월 한낮 강은 조히 빛나고
이름모를 한세상 강바람이 와서
간간이 체머리 흔들어 쌓는 수양버들.
살아갈수록 빛은 바래지고
엽록소의 피만을 꿈꾸는 시간
길이여, 짐승들의 길이여
가슴에 서러운 피를 지녔으므로
고꾸라질 듯 고꾸라질 듯 나는 왔다.
다음에 요, 다음에 다시 태어나면

봄볕 바른 강언덕 엽록소의 파란 눈을 지녀
나는 수양버들로 살란다.

월송리(月松里)

간결한 구문들 위에 찍히는
점들처럼 봄비가 왔다. 가지런히
고만고만한 키로 들쑥이 자라오르고
보리밭이 단정하다. 그 위에 뜬
종달새 소리가 자꾸만 들길을 감추고
물풀들 사이 빨간 송사리떼도
안심하면서, 도랑물이 꼬리를 흔들고
간다. 윗물꼬 아랫물꼬 또 그 아랫
물꼬와 물꼬들이 희게 부서져서
넘치면서, 오래 듣지 못한 연신 불어대는
누군가의 휘파람 소리가 살아난다. 아직도
횡단보도의 노란불과 빨간불에 익숙치
못한 나는 이 물꼬와 물꼬들의 논둑
길을 가로질러 월송리(月松里)에 이르러서도
누가 뭐라는 사람 없다. 4월의 참꽃과
5월의 개꽃들 사이 산 사이 욱신대는
뒷골과 명치끝 사이 몇 개씩이나

찌를 박아 놓고 나는 흐르는 물 위에 누웠다.
일생일대(一生一代)의 월척이 어디 그리 쉬운 일인가
씀바귀꽃 필 무렵, 어느 입후보가 주고 간
검척(檢尺) 자를 만지고 만져보면서 솔개가
도는 하늘 밑, 내 팔기럭지만한 월척 붕어는
오늘 밤 꿈 속에서나 만나볼 일이다.

저승꽃

어느 노옹(老翁)의 벽에서였던가
수묵색으로 떠오른 수락산 비탈길을
고깔 쓴 늙은 비구니 하나가 오르고 있었다.
수락산 아래 적막한 들길에도
난향(蘭香)이 그윽하였다. 뒷짐지고 올라가는
그 여승의 발걸음에도 무릿돌들이 굴러내리며
맑은 향 그득하니 퍼졌다.
사람이 오래 살면 몸에서도 절인 향기가 저렇듯
온 들판 하나를 다 적시는 것일까.

또 한 번은 소월시문학상 시전에서
박두진(朴斗鎭) 선생을 처음 만났을 때였다
조브장한 어깨를 배경으로 이마와 얼굴에
올라붙은 살이 주름살로 엉글고 그것들은
살 마른 가죽끈처럼 절로 소리 울려올 듯했다.
북을 메었으면 저 가죽끈으로 두루두루 우리 산천
잘 울리는 북을 메었으면…… 아니 검은 돌에

새겨진 그것은 몇 가닥의 무늬식이었다. 아니
그것은 잘 피어가는 저승꽃이었는지도 모른다
저승꽃에서도 향기가 나다니! 꼬장한 키가
우리 집 앞, 해마다 수도 없이 많은 대추알을
떨구고 선 그 대추나무였다.
사람이 얼마나 오래 살면 깡마른 치수에서도
물에 젖은 참귀목 같은 향이 저어나는 것일까

저승꽃이 만발한 이 세상 많은 꽃 중에서
얼굴과 얼굴이 스쳐 이루는 모진 세상, 아들아
너는 이 다음에 크면 네 선 자리가 바로 그
저승꽃자린 줄 알고 이 세상 온갖 말들이
바로 그 저승새의 서러운 울음인 것을 알아라.

정호승

천지(天池)에서 외

1950년 경남 하동 출생
경희대 국문과 및 동대학원 졸업
1973년 《대한일보》 신춘문예에 시 〈첨성대〉 당선
1982년 《조선일보》 신춘문예에 단편소설 〈위령제〉 당선
시집으로 《슬픔이 기쁨에게》 《서울의 예수》 《새벽 편지》 《별들은 따뜻하다》
제3회 소월시문학상 수상

천지(天池)에서

바람도 숨을 거두고
하늘도 마지막 숨을 거둔다
하늘보다 더 큰 하늘이 내려앉은
천지의 수면 위로
북한땅 흰 구름떼들이 몰려 지나간다

빤히 건너다보이는 병사봉(兵使峰)
핏줄이 흐르는 안개를 헤치고
북조선 초소 쪽으로 가는 길 앞에서
나는 어쩔 수 없이 발을 멈춘다

천지의 하늘을 가르며 칼새들만이
북한땅 천지 쪽으로 날아가고
침묵의 침묵으로 깎아 드리운 절벽 끝에서
나는 한 개 작은 바위가 되어
북한땅 백두산을 바라본다

백두산 흰 눈 속에
한 송이 두견화로 피어 있는 그대
천지 물가에 말없이 앉아
노란 바위구절초 한 송이로 피어 있는 그대

백두산을 오르며

백두산에 도착하자 눈이 내리기 시작했다
흰 자작나무 사이로
외롭게 걸려 있던 낮달은 어느새 사라지고
잣까마귀들이 떼지어 날던 하늘 사이로
서서히 함박눈은 퍼붓기 시작했다
바람은 점점 어두워지고
멀리 백두폭포를 뒤로 하고
우리들은 말없이 천지를 향해 길을 떠났다
눈 속에 핀 흰 두견화를 만날 때마다
사랑한다 사랑한다고 속삭이며
우리는 저마다 하나씩 백두산이 되어갔다
눈보라가 장백송 나뭇가지를 후려 꺾는 풍구(風口)에서
마침내 운명을 사랑하는 사람이 되는 일은 어려운 일이
었다
올라갈수록 더 이상 올라갈 수 없는
내려갈수록 더 이상 내려갈 수 없는
눈보라치는 백두산을 오르며
우리들은 다시 천지처럼

함께 살아가야 할 날들을 생각했다

두만강에서

정호승

흐르지 않는 강이 있었다
우리의 가슴 속으로만 흐르는 강이 있었다
강물소리조차 들리지 않는 중조(中朝) 국경지대
겨울새들만 북한땅으로 날아다니는 두만강에서
나는 강 건너 북한땅을 눈물 없이 바라보았다
멀리 겨울 비안개 사이로
김일성주체사상탑이 보이고
눈 내린 남양땅 산기슭에
속도전 세 글자가 희미하게 보였다

건널 수 없는 강이 있었다
우리의 가슴 속으로만 건널 수 있는 강이 있었다
바람을 따라 강 굽이를 돌아서자
겨울강 위에 앉았던 새들이
일제히 북한땅 강기슭으로 날아올랐다
북녘땅 강변의 마른 나뭇가지 사이로
마을의 아침 연기가 아련히 피어오르고

도문교 위로 리어카를 끌고 한 사내가
북한땅으로 천천히 들어가는 게 보였다

다시 철원역에서

봄기차가
내 가슴 위로 지나간다
하얀 치자꽃 같은 너를 싣고
봄기차가
내 가슴의 철교 위를 지나간다
강물은 시퍼렇게 출렁이는데
단 한 마디 말도 없이
눈물도 없이
내 야윈 가슴 위로
봄기차는 달린다
산모퉁이를 돌아
38선을 넘어
금강산 가는 길 옆
푸른 보리밭 이랑 사이로
끝끝내 사라지는 너를 보내고
나는 이제 너를
사랑하지 않겠다

서울역에 혼자 남아
김밥 하나 사 먹고
끝끝내 나는 너를
사랑하지 않겠다

윤동주 무덤 앞에서

이제는 조국이 울어야 할 때다
어제는 조국을 위하여
한 시인이 눈물을 흘렸으므로
이제는 한 시인을 위하여
조국의 마른 잎새들이 울어야 할 때다

이제는 조국이 목숨을 버려야 할 때다
어제는 조국을 위하여
한 시인이 목숨을 버렸으므로
이제는 한 젊은 시인을 위하여
조국의 하늘과 바람과 별들이
목숨을 버려야 할 때다

죽어서 사는 길을 홀로 걸어간
잎새에 이는 바람에도 괴로웠던 사나이
무덤조차 한 점 부끄럼 없는
죽어가는 모든 것을 사랑했던 사나이

오늘은 북간도 찬 바람결에 서걱이다가
잠시 마른 풀잎으로 누웠다 일어나느니
저 푸른 겨울하늘 아래
한 송이 무덤으로 피어난 아름다움을 위하여
한 줄기 해란강은 말없이 흐른다

이성복

미인 외

1952년 경북 상주 출생
서울대 및 동대학원 불문과 졸업
1977년 《문학과 지성》으로 데뷔
제2회 김수영문학상 수상
제4회 소월시문학상 수상
시집으로 《뒹구는 돌은 언제 잠깨는가》 《남해금산》

미인

돌 속에 묻힌
갸름한 얼굴
얼굴의 기울기

그 빗금 하나에
얼마나 많은 한숨이
스쳐 갔을까.

감아도, 감아도
뜨이는 눈
갸름한 얼굴
잊혀진 빗금 하나

가을날

자잘한 잎새 사이로 엷은 하늘색 꽃들이 바람에 불릴 때 그는 말했다.

'가을인데 꽃이 피었네요. 이 꽃들이 왜 지금 피는지 모르겠어요. 가령 내게도 흰 줄무늬 여름옷이 있는데, 그걸 봄에 입을 때는 모르겠는데 가을에 입으면 좀 이상해요. 기울기라는 게 있는가 보죠. 그 기울기를 이 꽃들은 모르는가 봐요. 아니면 알면서도 그냥 피는지도 몰라요.'

헤어지면서 나는 대답했다.

'글쎄요. 나도 그래요. 왠지 나도 그런 것 같아요. 오늘 아침엔 몸이 허공에 뜬 것 같았어요.'

음악

비 오는 날 차 안에서 음악을 들으면, 누군가 내 삶을 대신 살고 있다는 느낌. 지금 이 아름다운 음악이 아프도록 멀리 있는 것이 아니라, 내가 있어야 할 곳에서 너무 멀리 떠나왔다는 느낌. 굳이 내가 살지 않아도 될 삶, 누구의 것도 아닌 입술, 거기 내 마른 입술을 가만히 포개어 본다.

눈물

슬픔과 눈물 사이
짧은 길
길도 아닌 동시적인 것

무슨 이야기를 들었는지
소녀의 눈엔
금새 눈물이 글썽인다

유기와 무기 사이
길도 아닌 동시적인 것
흐르는 눈물은
슬픔으로 돌아가지 않는다.

봄밤

1

　불 끈 영혼들이여, 절망은 기차처럼 지나간다. 창문마다 손바닥 같은 불빛을 달고. 창문 전체가 불빛인 절망의 날들.

　다시 돌아올 수 없는 것은 아니다. 문은 열려 있다. 그 문을 네가 만든 것이 아니듯이, 네 스스로 그 문을 닫을 수는 없다.

2

　땅거미가 질 무렵 하나, 둘 켜지는 불빛은 이제 네가 졌음을, 결정적으로 패배하였음을 알리는 신호이다. 종일 네가 이기려 했기 때문이다. 네가 짓밟고 있는 세상을…… 기어코 이기려 하는 한, 애초에 너는 지게 마련이다.

길

가을 숲 속은 고요하였습니다
아카시아 잎새가 떨어져
내리는 돌림길에서
네 다섯 살 되어 보이는 아이가
세발 자전거를 밀고 가다
흠칫흠칫 뒤돌아보았습니다
우리가 더 가까이 가자
아이는 훌쩍훌쩍 울기 시작했습니다
아이의 울음이 더 커지기 전에
우리는 걸음을 재촉해 빨리 걸었습니다
얼마쯤인가 뒤돌아보니 아이도
세발 자전거도 보이지 않았습니다
아카시아 잎새가 떨어져
내리는 숲 속 길에서 아이의
무서움은 티 한 점 없었습니다

에토스적 정채(精彩)

구 상(시인)

 예심을 거쳐 본심에 오른 시인과 그 작품이란 모두가 수상(受賞)감들이라 우열을 가늠하기가 실로 어려워서 나 자신의 취향이 우선할 수밖에 없었다고나 할까. 그래서 내가 먼저 추천한 것은 조정권의 〈산정묘지〉 연작과 김승희의 〈떠도는 환유·1〉 외 근작들이었다.

 두 시인의 작품은 우리 시의 주제나 제재가 감각적이요 현실적인 데 비해 존재론적 인식의 세계로 나아가고 있어 나와 동질감을 느끼고 있는 데다 조시인의 연작은 관조적(觀照的) 깊이를 보여주고 있고 김시인의 그 주지적(主知的)이고 논리적 이미지는 한층 더 성숙을 보여주었기 때문이다.

 그런데 다른 선고위원들도 거개가 그 천거에 두 분이 다 끼어 있어 결국 결선에 나아가게 되었는데 바로 김남조 여사가 "이 소월문학상이 바로 이번으로 5회째인데 어상반(於相半)하면 여류시인을 택하자"는 제안에 모두들 기꺼이 동조하였다.

　수상자 김승희 시인의 근작들은 그녀의 시집《미완성을
위한 연가》때보다 그 날카로움이 유순해져서 그 감동의
핍진성(逼眞性)이 감소된 느낌도 없지 않으나 그 에토스적
정채(精彩)는 앞으로도 더욱 발해 줄 것을 믿고 바라는 바
이다.

그 명확한 개성을

김 남 조(시인·숙명여대 명예교수)

예심에서 엄선된 일곱 분의 작품들은 균등한 수준을 지니고 있어 우열을 논하기에 어려웠다.

그런 중에서 김승희 씨를 수상자로 뽑은 데는 그가 첫해부터 매번 수상자 반열을 벗어나지 않아 온 연공과 또한 그의 그 언제나 좋은 산문이 문학적 능력의 신뢰감을 보태었다고도 할 수 있다.

김승희의 지성은 첨예냉철하고 독특한 미학의 분말을 뿌린다. 건조하면서 뜨겁고 고뇌로운 그의 언어들은 읽는이로 하여금 껄끄럽고 괴로운 점성을 느끼게 한다. 그러므로 이끌릴 때와 멀어지고 싶을 때의 두 양상을 낳아 놓는다. 그의 시는 다반사처럼 신음 소리를 내고 너무나도 치열한 내적 결투가 자주 연출됨을 보는데 이런 성질을 일단은 좋은 쪽으로 보아 두기로 한다.

그와 그의 시는 하여간에 우리 시단의 명확한 고유명사임이 분명하고 그 특유의 개성에 상당한 평가를 건네주기도 한다.

예각적 손길, 첨단적 탐구의식

김용직(문학평론가·서울대 명예교수)

문학 그 가운데서도 시는 이제 세계적으로 썰물철에 접어든 양식이 아닌가 한다. 즐겨 시를 읽던 많은 사람들이 이제는 텔레비전이나 비디오 앞에 앉아서 시간을 보낸다, 우리 또래가 학교에 다닐 때는 서정시 몇 편은 암송하는 게 상식이 되어 있었다. 그러나 지금은 대학 문과에 다니는 학생들조차 짧은 소월의 작품이나 두보, 이태백을 외는 일도 예외에 속한다. 이런 사실을 알고 있는 우리에게 소월시문학상을 선고하는 자리는 퍽이나 뜻밖이라는 느낌을 안겨준다. 올해도 1차 심사를 거쳐 우리 앞에 넘어온 작품이 일곱 분의 작품, 80여 편이었다. 이런 양적인 풍만감뿐만 아니라 우리가 읽은 작품은 질적인 면으로 보아도 모두가 제 차원을 구축해 낸 것들이다.

이번 수상자가 된 시인 김승희는 두루 알려진 대로 여류다. 그리고 흔히 여류라면 그 작품세계에는 좋은 의미에서 특징적 단면, 나쁘게 보면 일종의 한계가 뒤따른다. 우선 여류의 시는 부드러운 가락이나 무난한 말솜씨를 갖는 반

면에 언어를 통한 실험의식이 강도 높게 나타나지 않는다. 그로 하여 상상력의 폭과 깊이가 제한되고 작품의 구조적인 탄력감이 모자라는 것도 문제다. 그런데 김승희 시인의 시는 전혀 그런 여류의 틀과는 무관하다. 그의 시는 어떤 경우에나 아주 예각적인 손길, 또는 첨단적이라고밖에 할 수 없는 탐구의식을 바닥에 깔고 있다. 그러면서 서정시가 요구하는 정서의 함량도 상당한 편이다. 이런 보폭대로 나간다면 앞으로 이 시인의 시는 우리 문학사상의 한 진풍경이 될 수 있을 것이다. 끊임없는 정진을 바란다.

더 대담한 시들

황동규(시인·서울대 교수)

예선에 오른 시인들 가운데서 두세 명씩 추천하기로 했을 때 나는 조정권을 내놓았다. 조정권으로 말하면 정열적인 〈산정묘지(山頂墓地)〉 연작이 진경을 보여주었다고 생각했기 때문이다.

의견이 김승희 쪽으로 모아졌을 때, 나는 반대하지는 않았다. 대세가 이미 기울었기 때문이 아니라 그만하면 상을 받을 만하다고 생각했기 때문이다. 특히 그동안 나는 김승희의 산문을 재미있게 읽고 있었던 것이다. 좋은 시인들은 거개가 산문이 좋고, 그 역(逆)도 대체로 진(眞)이다. 불평을 하자면, 그의 시는 수준은 괜찮지만 한 발 덜 나간 듯한 뒷맛을 준다. 어떻게 해서든 좋은 시를 만들려고 한 데서 나온 것으로 판단된다.

자신의 시라면 '대담하게' 나쁜 시도 쓸 수 있어야 정말 가치 있는 작품이 나올 것이다. 축하한다.

언어의 가능성을 확대

권영민(문학 평론가 · 서울대 교수)

　제5회 소월시문학상의 수상 후보로 추천된 시인들의 작품 가운데에서 나는 김명인 씨의 〈유타시편(詩篇)〉, 〈산문(山門) 밖〉 그리고 김승희 씨의 연작시 〈떠도는 환유 ·1〉를 우선 지목하였다.

　김명인씨의 시들은 원죄의식 또는 윤리감각에 대한 시적 추구 작업으로 규정할 수 있을 것이다. 최근에 과작이었던 관계로 시인의 근업(近業)을 제대로 살펴볼 기회를 갖지 못하였으나, 절조의 언어를 다스릴 줄 아는 시법이 중시되어야 할 것이다.

　김승희 씨의 작품들은 인식으로서의 언어의 가능성을 최대한 확대시켜 놓고 있는 것이 특징이다. 시적 정황의 이중적인 설정, 서정적 자아의 독특한 형상, 변화 있는 어조 등이 모두 개성적인 목소리로 뭉쳐 나온다. 특히 〈떠도는 환유〉에서는 자기 인식의 과제가 두드러지게 나타나고 있다.

　최종 선정에서 나는 김명인 씨를 포기했다. 최근에 과작

이었던 그의 시편들을 더욱 진지하게 검토하기 위해서 이
번 심사에서 유보한 것이다. 각 심사위원들이 두 사람의
시인을 지명한 결과, 김승희 씨를 모든 심사위원들이 천거
하였고, 다른 시인들은 표가 흩어졌다. 김승희 씨가 제5회
소월시문학상 수상자로 쉽게 결정되었다.

어정쩡 콤플렉스와 '열려라 참깨!' 사이에서

김승희(시인 · 서강대 교수)

이렇게 어정쩡한 저에게 소월(素月)이라는 불멸의 이름으로 상을 주시니 심사위원 선생님들과 동시대의 여러 시인들에게 부끄러움이 앞서 쥐구멍이라도 있다면 그리로 숨고 싶은 심정뿐입니다. 제가 어정쩡하다는 것은 문단에 첫발을 내디딘 70년대 중반부터 80년대 동안 내내 한 번도 시대정신의 한복판에 있지 못했고 당대 문학의 한복판을 관통해 오지 못했다는 소외의 공포 같은 것인데(그것을 저는 〈내가 없는 한국문학사〉라는 시로 쓴 적도 있었고) 저는 그것을 어정쩡 콤플렉스라고 불러보기도 했습니다. 어떤 때는 우왕했으며 어떤 때는 좌왕했고, 자의식 과잉의 골방에 있으면 폐쇄공포증이 일어나 밖으로 나가야 될 것 같았고 밖에 있으면 광장공포증이 일어나 안으로 들어가야 할 것 같은 분열된 자아 사이에서 전전긍긍 갈팡질팡하면서 언어의 실타래를 질질 끌고 다닌 남루한 느낌 때문입니다. 여기도 저리도 내 자리가 아닌 듯한 느낌, 이것이냐 저것이냐 어느 세계에도 거처를 정하지 못하고 그 틈새의 심연

속을 떠돌고 있는 어중간한 자의 방황이 아마 동시대에서
의 저의 자리가 아닌가 합니다.

　저는 죽음에 대해서도 많은 시를 써왔는데 그러나 가만
히 들여다보면 저의 4권의 시집은 과연 ‘어떻게 살 것인
가?’ ‘이 현실 속에서 미치지도 죽지도 않고 살아내기 위하
여서는 무슨 꿈을 꾸어야 할 것인가?’ 라는 명제에 바쳐졌
던 것 같습니다. 자신이 어정쩡하기에 길이 없고 길이 없
기에 미로 속에 빠지며 미로를 견뎌야 하기에 상상력의 양
념을 발라 이런 꿈 저런 꿈을 꾸어보았던 것, 그것이 저의
시였고 그런데 어느 날 문득 중심이나 근원을 잃고 어정쩡
뿌리 없이 방황하고 있는 건 나 혼자뿐이 아니지 않느냐,
이것이나 저것이냐라는 이분법에 확실한 대답을 유보하고
길 없는 길로 떠돌고 있는 사람들이 많지 않을까 하는 생
각이 들면서 저의 ‘어정쩡 콤플렉스’는 ‘어정쩡 형이상학’
으로 바뀌기 시작했고 죽음을 떠도는 어중간한 귀신들처럼
현실 어느 세계에도 속하지 못한 혹은 속하기를 거부한 사
람들의 세계, 확실한 차표 없는 소외의 자유인에 대해 쓰
기를 시작했습니다. 그것이 아마 《미완성을 위한 연가》《달
걀 속의 생(生)》과 같은 시집이 아닐까 합니다.

　이번 수상작이 된 〈떠도는 환유〉 연작시에서도 저는 시
대의 한복판에 결코 있지 못하는 떠도는 사람들의 초상을
그렸습니다.

　《달걀 속의(生)》에서는 그래도 미완성의 껍질 안에서 ‘새
로 태어남’ ‘자꾸 태어남’ 이라는 부화의 꿈을 지녔었는데
청문회 끝나고 90년대가 오면서 달걀껍질은 깨졌는데 부화

는 없었다는 그런 해체된 넝마의식이 저를 괴롭혔습니다. '새로 태어남' '자꾸 태어남'이라는 신생의 문법이 없이 아까운 달걀만 깨어지고 그런 해체된 넝마들끼리 이 뿌리 없는 시대, 고향 없는 시대에 둥둥 떠돌아다니다가 불변의 본질은 폐기 망각한 채 인접성이나 접촉성을 토대로만 자신과 타인과 세계와 둥둥 스치면서 만나고 있는 우리의 넋 나간 실존의 흔적들―. 그것을 저는 떠도는 환유라고 불렀습니다. 출구 없는 미로 속에서 점점 더 희망이 고갈되어 가는 이 엔트로피 증가 시대의 어정쩡한 인간의 뿌리 뽑힌 모습이 〈떠도는 환유〉의 이야기이고, 이것을 울거나 흐느끼지 않고 희극의 어조로 쓴 것은 이왕 돌아갈 회귀의 근원이나 신과 같은 중심이 부재하다면 이 모든 떠돎의 환유 고리의 몽타주가 우리의 삶의 모습이 아닐까 하는 생각에 이르렀기 때문입니다.

아까 실타래 같은 언어라고 말씀드렸지만 그것은 저의 시적 성취가 미미하다는 이야기고 어린 시절 어머니가 〈알리바바와 40인의 도둑〉을 읽어주셨을 때부터 저에게는 언어의 마법성에 대한 환상과 욕망이 싹텄었습니다. 알리바바가 "열려라 참깨!" 하고 말하면 비밀한 보물궁전들이 열렸던 것처럼 '열려라 참깨!' 같은 그런 열쇠언어, 인생의 불가사의한 신비를 열어줄 수 있는 마법의 중심언어에 대한 욕망이 환상의 마약처럼 제 속에서 넓게 퍼지기 시작했던 것입니다. 아직 '열려라 참깨!'와 같은 보물궁전을 열어줄 신비의 열쇠말을 찾지 못했기에 저는 여전히 그것을 찾고 있는데 그 텅빈 중심언어를 찾으며 빙글빙글 맴돌고 있는 이 방황의 흔적 자체가 아마도 바로 그 열쇠말이 아닐까 하는 생각이 듭니다. 아니 열쇠말 자체가 따로 있는 것이 아니라 그것을 찾으려는 언어의 흔적 자체가 바로 제 인생의 불가사의한 최고의 보물창고가 아닌가 하는 어쩔 수 없이 행복한 느낌도 있습니다. 제 마음속에 언제나 계시는 한 분 큰 스승님께, 심사위원 선생님들께, 부모님께, 제 어린 딸과 아들과 그들의 아버지되는 이께, 나에게 언제나 긴장과 대화적 상상력을 주었던 동시대의 좋은 시인들께 머리숙여 큰 감사를 드립니다. 감사합니다.

제5회 소월시문학상 수상작품집

초판 발행—1991년 1월 15일
 5판 발행—2003년 3월 20일

지은이 — 김 승 희 외
펴낸이 — 전 성 은
펴낸곳 — (주)문학사상사
주소 — 서울특별시 송파구 오금동 91번지(138-858)
등록 — 1973년 3월 21일 제1-137호

편집부 — 3401-8543~4
영업부 — 3401-8540~2
팩시밀리 — 3401-8741~2
홈페이지 — www.munsa.co.kr
전자우편 — munsa@munsa.co.kr
대체계좌 — 010017-31-1088871
지로구좌 — 3006111

잘못 만들어진 책은 구입하신
서점이나 본사에서 바꾸어 드립니다.

값은 표지 뒷면에 표시되어 있습니다.

ISBN 89-7012-029-7 03810

대한민국 대표시인 5인의 시 세계와 시 사랑

서정주 한국시 100년 역사상 가장 높은 봉우리로 우뚝 선 시인

바다와 하늘과 우주의 것이 된 미당의 언어

우리는 미당 선생의 죽음을 죽음으로 생각지 않는다. 화사가 똬리를 틀고 있는 고향 뒤안 길이 아니라도 좋다. 알래스카에 가도 만날 수 있고 아프리카에, 아메리카에, 아라비아에 가도 미당을 만날 수 있다. 왜냐하면 그의 언어는 이제 바다의 것, 하늘의 것, 우주의 것이 되었기 때문이다.―이어령(문학평론가)

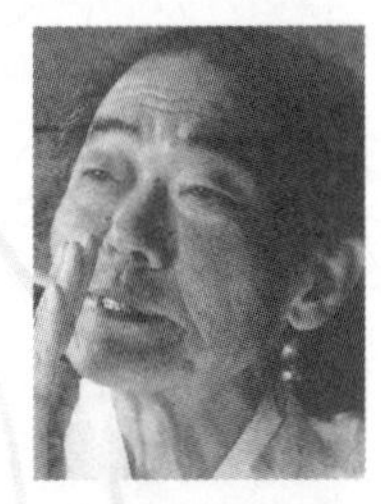

구상 영원 속의 오늘, 오늘 속의 영원을 노래하는 시인

육신의 허물을 벗어논 영혼의 나비

영원 속에서 만물이 시공을 넘어 완성되는 것이 죽음이며 만물이 완성되는 시기로 보면 지금의 인간은 태아상태라고 말하는 구상 시인의 얼굴빛은 장밋빛이다. 매혹적이다. 시인 은 남자로서 가장 매혹적인 모습을 지니고 있다.―안정옥(시인)

조병화 고독과 낭만을 노래한 사랑의 철인

타인과 함께 숨쉬는 사랑과 슬픔의 언어

조병화는 스스로 외롭고 슬픈 것은 타인에게도 외롭고 슬픈 것임을 확신하는 시인이다. 따라서 그는 어떤 유파·이론의 틀 속에 자신이 얽매이는 것을 끝내 거부할 수 있었으며, 오늘날 우리 현대시가 겪고 있는 온갖 무모하고 조잡한 것들로부터 따로 떨어져 살 수 있 었던 것이다.―이성부(시인)

김남조 사랑의 원초적인 힘을 노래하는 시인

영혼을 구제하는 시인의 사랑

시인은 사랑을 인간의 영혼을 구제, 고양하는 원초적 힘으로 보고 있는 것이다. 모든 시인에게 그런 것처럼 이 시인에게도 시는 유일, 최고의 명제 같은 것이다. 그런데 사랑은 바로 그 위에 군림하는 또 하나의 유일이며 절대이다. ―김용직(문학평론가)

고은 창조적 열정과 상상력으로 문학의 거대한 산을 이룬 시인

원융합일의 세상을 이룬 거대한 산

이제 고은 선생의 시는 거대한 산과 같다. 골짜기도 있고 봉우리도 있으며 폭포도 있고 벼랑도 있는 산이다. 깊은 곳에 절도 한 채 품고 있고 거기서 울리는 목어소 리가 은은한 저녁산 고은 선생의 문학은 그런 원융합일의 세상을 이룬 산과 같다. ―도종환(시인)